阳光少年

张武悦　孔祥源　高爽　著

克孜勒苏柯尔克孜文出版社

新疆电子音像出版社

目 录

MULU

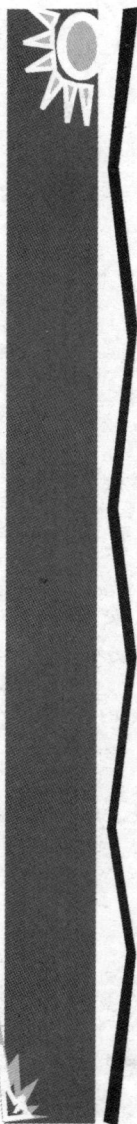

2

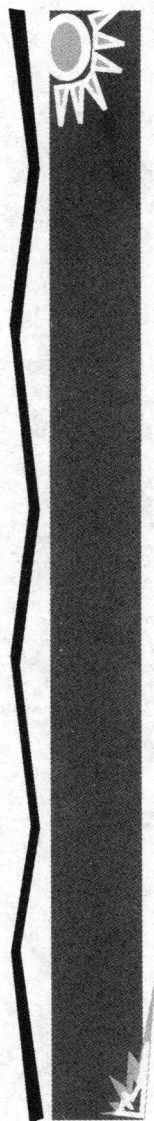

5

晶莹的世界　晶莹的梦(代序)

地委委员、行署副专员　万　旭

一

　　这是一本阿勒泰孩子的作文选,老师让我写序,我欣然答应。

　　读完以后,有一些刻骨铭心的感受:

　　阿勒泰的冬天银装素裹,万里雪飘,到处都是一片白茫茫的,像一个充满神奇的童话世界。

　　雪下着的时候,天地一色,苍苍茫茫。大片大片的雪花在空中撒着欢,打着旋,纷纷扬扬地落到我们的校园里。四周也像是白色的窗帘,远处的山、树、房屋有些模糊不清了。

　　我站在雪中,这些冬天的小精灵,快乐地围着我旋转起舞,真让人难辨是在天上还是在人间。雪花,晶莹剔透,像小姑娘的脸蛋笑开了六角形的花,美丽极了。

　　我写过雪,却写不出这童真,这跳跃,这飞舞,这洁白。

　　那是写沙枣树的文章。沙枣树与旱神拼搏一生,现在它老了,火热的信念已经退却,它品尝过胜利的美酒,醉心于热情的赞歌,可如今什么都不存在,只有些悲伤的回忆。

一只雄鹰在夜空中飞翔,听见他的叹息,便高声叫着:怎么,你对生活失去了信心了吗?你忘了壮丽的人生了吗?你要辜负草原对你的赞美吗?拿出你的勇气来吧,即使是死,也要光荣地结束你骄傲的生命!

沙枣树思考着,它心中的烈火开始燃烧,它的全身又聚满力量,就像和旱神斗争时一样。于是,沙枣树最后一次长满满树的绿叶鲜花,淡黄色的花串吐着浓香,渗透了整个草原!

我坚信,只有阿勒泰人,只有在阿勒泰生活过的孩子才能写出这样的文章,因为他们的血管里流着父辈的血,有着大戈壁才能具有的广阔、坚韧和骄傲。

突然,我发现,我不能写序,孩子们生命的风帆已经展开,孩子们的序言只能由孩子们自己去写,我只能写下这笨拙的读后感。

孩子,我愿意永远为你写读后感。

二

于是,我写下了这几段文字,献给孩子,我永远的希望!

即使如此,我还有话说,也应该有话说。

关于如何学习语言、如何写文章,有三个观点我印象很深。

一是写自己熟悉的东西。熟悉的生活,熟悉的感情。

二是学语言有三个层次:字词句层次;思维方式层

次;最高是情感和文化。

三是2004年,北京实验中学一位叫樊婧的女同学谈文科和理科的关系:我认为,人文精神是一个人的立身之本,科学素养是一个人的强身之技。一个社会需要的人,一个在科学上求索的人,应是有"骨",亦有"智",且相辅相成。得道,亦成器。研究理科,需用要文科思想的启迪;研究文史,需要理性思维的严谨。以理启文,以文贯理是我的风格和追求。中国古人把"和"作为最高境界,正是在文理的融汇互补与平衡中,在关注社会、历史、文化、生活与专注于学习钻研的平衡中,我对它们有了更深的体会理解。

善哉,斯言!

三位孩子的作品,也很大程度地体现了上述三个观点。《咏雪》、《棋友》、《登骆驼峰》、《进入中学以后》、《看冬季捕鱼》是他们熟悉得不能再熟悉的生活;《我翻阅老师的中学时代》、《幽默的数学老师》、《岩石与水滴》是他们对生活初始却不稚嫩的思考。他们不仅写出了故乡的美丽,更从故乡的文化底蕴中汲取了无限的精神力量。

《沙枣树》是我最珍爱的文章。人到中年的我,如同挚友有力地一击。这是孩子给我的力量,生命的力量。我由衷地从心底感叹到:感谢孩子,感谢生命!

由此,我又欣然作序。献给孩子,献给正在继续的生活,献给阿勒泰又一缕最灿烂的晨光!

2005 年 2 月 21 日

良好的习惯就是成功的一半

各位老师、同学们：

大家好！

我是市一中初一（12）班的张武悦，今天我演讲的题目是《良好的习惯就是成功的一半》。

生活在这个美好的世界里，我们每个人都渴望成功，这是一种美好的愿望，也是一种奋发向上的人生态度。一个在事业上成功的人，往往有许多因素组成，我认为良好的习惯就是成功的一半。

习惯不是与生俱来的，大凡在事业上取得辉煌成就的人，他们都有着很多被人称赞的良好习惯。这些习惯伴随着他们一步一步走向成功。

在历史长河中，从古到今、从国外到国内，仔细观察每一位成功人士的背后，他们都有着良好的习惯：大科学家牛顿勤于思考，能通过一个树上落下的苹果，发现地球的引力，为人类的发展做出了巨大贡献；大发明家爱迪生一生发明创造硕果累累，而他只上过短短的几年小学，但是他从小就养成了酷爱读书、善于发现的

良好习惯；大数学家陈景润为了攻克世界数学难题歌德巴赫猜想，几乎到了废寝忘食不食人间烟火的地步，最终摘取了世界数学皇冠上的明珠，这些成就的取得，应该归功于他勤奋好学的良好习惯。

从无数的事例中，我们可以得出这样的结论，良好的习惯就是成功的一半。良好的习惯是我们一生中享用不尽的无价之宝，是我们人生旅途中最好的伙伴。

但是，这些良好的习惯又是后天养成的。老一代革命领袖毛泽东，就有每天读书读报的习惯，不论是在长征路上还是在战争的硝烟里，他总是手不释卷，阅读了大量中外书籍，为中国人民的解放事业发挥了巨大的作用。因此，我认为习惯是后天养成的，我们作为 21 世纪的青少年，如果想对祖国做出更大的贡献，就必须从小养成努力学习、热爱读书、勤于思索的良好习惯。因为，好的习惯将会伴随着我们不断成长、伴随着我们不断进步、伴随着我们去创造灿烂而辉煌的明天。

同学们，要想取得优异的成绩，就必须从每一件小事做起，养成刻苦学习的习惯，养成严谨扎实的习惯，养成认真负责的习惯，才能更好地报效于我们伟大的祖国。

让我们从现在开始，养成良好的习惯吧。

让良好的习惯成为我们成长的翅膀，在湛蓝的天空自由翱翔；

让良好的习惯构成一道绚丽的彩虹，去装扮我们美丽的人生。

我们是早晨八九点钟的太阳，建设祖国的重任就在我们肩上。养成良好的习惯，我们的理想就会光芒万丈，我们的前程一定能灿烂辉煌，我们美丽的祖国就会更加繁荣富强！

谢谢大家！

与父母一起,快乐成长

各位老师、同学们:

大家好!

我是市一中初一(12)班的张武悦,我代表我的家庭参加本次"学习型家庭"演讲,我演讲的题目是《与父母一起,快乐成长》。

俗话说得好:"活到老,学到老"。孔子说:"三人行,必有我师"。都谈到了学习。一个人的成长与进步离不开学习,一个国家、一个民族的富强更离不开学习。学习是社会进步、国家繁荣昌盛的内在动力。

我的家庭极为平凡,父母都在机关工作,都是认认真真做事,老老实实做人的普通人,但他们勤奋好学,持之以恒、孜孜不倦学习的精神激励着我、感动着我。正是凭着知识的手杖,他们改变了自己的命运,从普通的老师、职工经过不断努力和学习,一步一个脚印走到了机关,成为单位的骨干。他们先后在国家、省地州市等多家报刊杂志上发表了大量的作品,并多次获奖,而且先后出版了5本个人专著。这是一笔无形的精神财富,是我学习的榜样。

爸爸妈妈伏案学习的身影,让我感受着知识的魅力,

让我深深地明白,只有知识,才能改变我们的命运。

我的家有着浓厚的学习氛围:从报刊的订阅,到购买书籍,进而配备家庭电脑和打印设备,甚至吃饭和游戏等日常生活中,也离不了交流信息、比赛学习。

我感谢我的父母,为了培养我,他们倾注了大量的心血,付出了艰辛的劳动;同样,更感谢天下的父母们,正是他们优良的品德和崇高的情操,为新一代的成长铺出一条灿烂的阳光之路。

上了中学,我一次次地想:父母对我们影响最大的是什么?是默默奉献、是勤奋学习。他们用自己的行动影响着我、塑造了我。可以说,人间最重是真情,真情无言、大爱无限!人格的教育,才是他们给我最好的财富。

长大以后,我们也许会特别怀念这样的时光:一家人,在宁静的夜里,在柔和的灯光下,在知识的海洋里,或手捧书本,或奋笔疾书。温馨的家里有着知识的馨香,有着对生活、学习的执着和向往。

作为一名中学生,我非常庆幸生活在这个伟大的时代,更庆幸生活在这个平凡而充实的家庭。我在父母的影响下,除了刻苦学习外,还利用业余时间学习了声乐、手风琴、舞蹈等技能,在参与的各项活动中,为我的学校和家庭赢得了荣誉和掌声。

我常常这样激励自己:如果将来我考上内地大学,我就要以自己的歌舞、优异的成绩,展示阿勒泰人的风貌,为故乡争光。

我很荣幸参加这次活动,并且深深地感受到:在市场经济的今天,开展"学习型家庭"活动,有着非常重要的时

代意义。这项活动能够让我们在学习中进步，在进步中发展，在发展中为社会、为国家的建设做出更大的贡献。

　　家庭是社会的最小细胞，如果每个细胞都对生活充满着向往，对知识充满着追求，那么我们的民族就有了希望，我们的社会主义国家就会充满强大的生命力。

　　我感到在父母的教育下快乐成长，无比幸福。

　　只有感受知识的阳光，我们才会永远拥有绚丽的春天。

　　让我们从每个家庭、从今天开始吧——

　　今天的耕耘预示着明天的收获。

　　最后，我想说：亲爱的爸爸妈妈，感谢你们给孩子创造了宽松的环境，感谢你们给孩子博大的爱。我坚信每一个孩子在父母的关爱下，都会努力学习，发愤图强，快快乐乐成长，长大了为国争光！

　　谢谢大家！

咏　雪

雪,洁白无暇,给人无限遐想。雪是冬天的使者,雪是纯洁的化身,雪是美的精灵!

北国阿勒泰的冬天银装素裹,万里雪飘,到处一片白茫茫的,像一个充满神奇的童话世界。无论是小孩还是大人都喜欢在雪地上滚打、游玩。雪中的快乐和情调只有亲身体验才最有味道。关于冰雪,日本幌市滑雪博物馆里有一赫然醒目的展板上写着:中国新疆阿勒泰地区是人类滑雪的发祥地之一。

雪下着的时候,天地一色,苍苍茫茫。大片大片的雪花在空中撒着欢,打着旋,纷纷扬扬地落到了我们的校园里。刚开始还像小姑娘的泪水,羞答答的,柔和地拂过我的脸。不一会儿就稠密起来,肆无忌惮地落在同学们的脸上、头发上、脖子上,凉飕飕的。四周也好像是白色的窗帘,远处的山、树、房屋都有些模糊不清了。

我站在雪中,这些冬天的小精灵,快活地围绕着我旋转起舞,真让人难辨是在天上还是人间。雪花,晶莹剔透,就像小姑娘的脸蛋笑开了六角形的花,美丽极了!

看! 这些调皮的雪花竟然一片一片地飞到校园的树杈上,树枝被雪花压弯了腰,一颤一颤地仿佛正唱着“我

爱你,塞北的雪!"这种柔情似水的歌声只有用心才能听出来,我听到了,因为它不仅落在大地上,也落在我的心坎上。

太阳出来了,阳光照在雪地上,发出耀眼夺目的光芒。一丝几乎让人感觉不到的微风吹过,只见树上的雪花如烟如雾地飘落下来,纷纷扬扬,似梦似真。

再看看同学们穿着棉衣、棉裤在雪地上唱啊跳啊,疯啊闹啊,愉快极了!你打我一个雪球,我还你一个雪蛋,真是乐在其中。远处几个同学在堆雪人,那雪人既不像人也不像兔子,简直是一个四不像!还是那几个女同学手巧,做好了一个大雪人,萝卜当鼻子,破桶当帽子,红色围巾在雪人脖子上很漂亮。

瞧瞧那帮男生,在雪地上画一道分界线,用手团个大雪球当"弹药",你打过来我打过去,脸上、身上、脖子上都是雪,但他们没有一个是胆小鬼,全部坚守阵地,大有"誓与阵地共存亡"之势。

咦?远处那个小姑娘像个雪雕一样一动不动的,怎么了?是在赏雪,还是想心事?我走进一看,那哀愁的神态真叫人心疼。原来是一个低年级的小同学考试不理想,自己惩罚自己呢!我安慰她一会儿,送给她一个棒棒糖,她说:"谢谢妮妮姐姐!"时开心地笑了,笑得那么甜,就像那美丽的六角形雪花。她一边吃糖一边走,一蹦一跳地就像快乐的雪花仙子。

地上的雪越来越厚了,像铺了一层白色的地毯,踩上去软绵绵的,还伴有"咯吱咯吱"的优美旋律。俗话说"瑞雪兆丰年",望着这美丽的大雪,我好像看到了来年长势

旺盛的庄稼,真是"冬天麦盖三层被,来年枕着馒头睡"呀!

面对这么好的冰雪资源,叔叔阿姨们是不会浪费的。每年都有历时 3 个月的阿勒泰冰雪风情游不仅让大人感觉一新,更能让我们这些小孩子玩个够。那些体现哈萨克族民俗丰富内涵、展示了阿勒泰历史文化和人文景观的各种雪雕栩栩如生,大街小巷随处可见,桦林公园内还举办雪雕比赛呢!

下雪的日子是温暖的,冰雪的魅力是妙不可言的,我爱雪花,我更爱冰雪世界!

岩石与水滴

（寓言）

雨后，水滴不断地从屋檐上滴下。

地面的石块说："我可爱的小水滴呀，你要想穿透我，你就穿吧。你能穿过我？哼！"

小水滴无声地笑着。

"小水滴呀，我可是坚硬的岩石呀，你是不会穿透我的，因为你只是一个小小的水滴。

我是很平凡的小水滴，但这只是我的外形，你能理解我的精神吗？"水滴轻轻说道。

嗒，水滴在岩石上落下，岩石没有受到丁点的损坏；

嗒，又一个水滴落下，岩石仍没有受到丁点的损坏；

岩石吃吃地冷笑着："可笑，还这么坚持吗？放弃吧，别自命不凡了。"

嗒……嗒……嗒……嗒……

水滴仍在坚持着。

"自不量力的家伙！"岩石嘀咕着沉睡了过去。

100年过去了，1000年过去了，10000年过去了……

"呀，快来看呀，这个岩石上有一个小小的小洞。"一个孩子的喊叫声，惊醒了沉睡的岩石。

额尔齐斯河畔

　　夕阳在额尔齐斯河上洒满金光，河对面的高山又给人几份惆怅。然而，我身后却是一幅欣欣向荣的图景：挺拔的白杨，绿油油的草坪，璀璨夺目的野花，一畦畦苗壮的青菜；耳边传来一声声清脆悦耳的鸟鸣，应和着牧歌的旋律……都给人一种奋发向上的力量。献身大自然吧，为人类造福，凭着劳动的双手，画出锦绣山河的幸福乡村。

　　额尔齐斯河啊，母亲河，美丽的河，我喜爱你晓风吹拂中的玉面，也熟悉你夕阳映照下的金波。你是祖国惟一

的流入北冰洋的河。有许多关于你的动人故事,有许多许多关于你的优美传说,在两岸各族人民之间广为流传。我寻觅孩提时走过的足迹,我叹息光阴白白流逝,我思索人生道路的坎坷。河水曾冲刷了我童年的蒙昧,河床曾铭刻着我心灵的赞歌。

如今,我面对浪花飞溅的额尔齐斯河,捧出一束束理想的花朵。

我的校园生活

一、幽默的数学老师

升入初中的第一节数学课特别奇特,至今记忆犹新。

随着"上课""坐下"的指令声一停,数学老师潇洒地甩了一下头发,在黑板上"沙沙"写下了"1+1"的数学符号。他紧紧地盯着同学们,似乎对同学们惊讶、不解、惶恐的表情不以为然,又似乎想看透每个同学的内心世界……

"为什么?""为什么?"同学们在窃窃私语。

数学老师在与同学们 N 秒钟的对视后,用温和的声音卡住 了时间的秒表。他说:"谁能做出黑板上的题?"这个老师真是太幽默了,竟然让我们初一的学生做小学一年级的题,我们的水平还不至于这么差吧?不过数字使人精确,也许不单单是做题这么简单。

老师在教室巡视了一圈踏上讲台,神色庄重的在黑板上写下"1+1=2"。

同学们有人议论,有人捂着嘴悄悄地笑。有人说:"总不会让我们从一年级开始补习吧?"

老师开口了："我们今天重新研究它,是因为'1+1=2'第一个进入人的理性思维,是这些数字组成了无数的复杂运算……"

老师全神贯注地注视着同学们,"'1+1=2'可以说是一只援助的手,它是胜利的象征,是团结,是友爱,"

"老师!"一位男同学高举着手说:"'1+1=2'象征着力量,当人们在危难之中,它能给人关怀,让人勇往直前。"

"说得好!"老师的眼睛熠熠闪光,面庞微微绯红,他走到黑板前环视了一下全班同学说:"'1+1=2'是永恒的友谊,是手拉着手的同学们,它代表着和平,代表着团结,代表着真诚。来,让我们击掌相约,共同学习,手拉着手一起走向成功!"

"啪啪、啪啪、啪啪!"掌声响起来,同学们激动起来,大家的心里犹如流淌着一泓清澈的山泉。

"1+1=2"真好!笑容灿烂的数学老师迈着稳健的脚步在同学们的簇拥下,在依依不舍的眷恋中走出教室,走进阳光灿烂的校园。

二、老师的拖堂绝招

课堂上很安静,静得连同学们的肚子"咕咕"声都能听到,大家看上去认真听讲,其实心里都在祈祷快点下课。同学们的虔诚终于感动了上帝,下课铃响了。

"同学们，这道题非常重要，你们说讲不讲了？"语文老师说。课堂上鸦雀无声。死一般的沉默。

"同学们不想听就算了。"老师有点生气。

"想听————"同学们有气无力地回答。

老师又开始滔滔不绝地讲起来。老师真厉害，既实现了民主，又达到了目的。

"老师，我要上厕所！"李明同学已经第二次举手。

"刚上课就上厕所？"老师一副惊讶的表情。

"第二节课快上了。"一位同学忍不住悄声嘀咕。

"同学们，我可不是有意拖堂的，咱们这个班的进度比较慢，不抓紧能行吗？那好吧，下课了。"语文老师无可奈何地走出教室。李明还没站起来，生物老师已经走上讲台开始讲课了。

下课铃刚响，生物老师就说："同学们，这是最后一节课，不会影响别的老师上课，我们再做一个试验好吗？"

同学们一下子就像霜打的叶子一样，蔫了。

"看看，这个瓶子多有意思呀！里面有一只老鼠，现在是活的。"

我们看着老师像变戏法一样把瓶子倒了过来，不一会儿，老鼠就死了。通过老师的启发，我们知道了瓶子倒过来是因为没有氧气，老鼠是因窒息而死的。

试验的确有意思，同学们眼睛里充满了好奇，脸也慢慢地多云转晴了，生气成为过去式，讲台变成了焦点。强烈的好奇心让同学们忘记了老师的拖堂，而且把试验现象和结论都记在了脑海里。生物老师真是高人，抓住

同学们好奇的心里,"攻心者为上"啊!

三、考试三部曲

俗话说:"临阵磨枪,不亮也光。"期末考试就要到了,同学们都在认真老实地复习,都害怕将来落个"试前不努力,卷上徒悲伤"的结果。可是我就是怎么也复习不进去,脑子里头总是想着小学老师曾经说过的一句最中听、也是最令人难忘的一句话:"小考小玩,大考大玩,不考不玩"。所以我为自己找了好多借口不学习,去快乐的玩。我没有那种"现在多一份努力,考试少一份遗憾"的思想意识。

考试了,由于自己没有好好复习,显得特别紧张,我的手哆哆嗦嗦翻着试卷,脑子里空空荡荡。一看2大张卷子,我的天,什么时候能做完啊!仔细一看这些数学题还不算难,紧绷的神经才松弛下来,慢慢地进入了正常的状态。字是越写越快,题也是越做越简单,一个半小时顺利地攻克了这2张卷子上的难题。语文更是题量大得可怕,3张卷子,还有一篇作文,不过在要求的时间内都被我这个语文课代表顺利摆平了。英语就不用说了,这是我的拿手科目,中午我吃饱喝足,还把手洗得干干净净的(听说手洗干净能笔下生辉),结果就是不一样,这些题好像是专门为我出的,高兴得我差点笑出声来。得忍着,不能让人看出我得意忘形的样子,那多没有修养啊!

几门功课都考完了，心里一直在嘀咕，还没有发卷子，到底考得怎样心里却没有底，只好祈祷上苍保佑啦！害怕归害怕，我还是相信平时的学习积累，相信会有好的成绩汇报亲爱的父母和辛勤的老师。

进入中学以后（日记选）

1. 9月9日,星期天,晴

我已经来到这个世界上快 12 年了,我告别了那个抱着小布娃娃的小女孩子时代,进入了中学的时代。

进入中学了,也就有了自己的主见,再不对父母言听计从了。要是按爸爸妈妈的说法,只有一句"越大越不听话了"。不过正因为如此,"初生牛犊不怕虎"的我,动不动就跟父母展开辩论,不过你们放心,裁判总是向着我爸妈。偶尔我过火了,他们也不恼,就立刻会说:"那有女儿这样对父母的,别以为上中学了,翅膀硬了,就不听话了",每到这个时候,我只好举手表示投降,继续做他们的"乖女儿"。

进入中学了,我的知识面也就丰富了,比我多上 8 年学的妈妈也经常来"请教"她的"黄毛丫头"。上了中学,我也换了一个新的环境,不过我挺走运的,认识了我的各科老师:班主任高老师、数学李老师,还有王老师等,他们的课教得都很好,在传授知识方面、教学经验方面都不用多

说。我也认识了许多朋友，与他们的接触让我自己的生活也充实了起来。

记得有一次，是在小学四年级时，爸爸妈妈不知什么原因都加班没有回家，我一个人在家又饿又怕，到了天黑，静静的家里寂静无声，只有水管滴水的声音，还有楼上楼下的脚步声，这些声音都充满了恐怖，加上我看过的小虎队图片，让我总觉得有鬼来了，我吓得跳上床，用大棉被把头蒙上……

现在想起来，真是幼稚可笑。如今我长大了，上中学了，有了自己独特的见解和独自在家的能力，当然，也用不着害怕什么"鬼"呀"怪"的了。

进入中学后，有了理想也有了目标，我们要在老师的指导下去努力实现它们，用优异的成绩报答老师和父母的关心。

我长大了！

2. 10 月 6 日，星期三，晴

马上就 12 岁了，我不再是从前咬着手指头、穿着花公主裙、抱着小布娃娃的女孩子了。

我上了初一，初一学的知识特别多，就像在知识的茫茫海洋上，我只是一叶小小船儿，自由地航行。这里有快乐，也有烦恼。

一上初中，各门功课都要学好学精，老师对我们的要

求也越来越严格,各学校之间、各班级之间竞争很强,所以我们的学习压力也很大,每一位同学都深深地明白,我们即将面临着中考、高考、就业等问题的考验,因此我们都在争分夺秒地利用一切时间学习,生怕自己落后,每一次考试,那怕是一次平时的考试,心里都很紧张,总是害怕考不好,让老师和父母失望。

分!分!分是学生的命根,现在看来,这话一点也不假。

中学时代,快乐还是很多的,因为初中的知识能使我开阔眼界,提高认识世界的能力,并在与许多朋友的交往中学到很多的知识,特别是初一的课文读起来蛮有意思,每一篇文章都写得那么好、那么美。读后让人有一种发自内心的满足感,恨不得自己也写一篇好文章,让更多的人阅读。

我感到中学的快乐,每个老师的讲课都是那么好,每一个字、每一个词、每一句话都是那么形象、生动、有声有色,让人听得津津有味,记忆犹新。

苦恼与快乐总是相对的,学习的困难、父母的要求,都让我们产生很多的苦恼,其实想想,他们也不容易呀。只有克服苦恼,才能得到真正的快乐。

让我们一起创造出快乐吧。

3. 10 月 26 日,星期天,晴

我爱春天,因为她是一年开始的象征;我爱夏天,因

为她有火一样的感情；我爱冬天，因为她是纯洁的，但我更爱秋天，因为她洋溢着丰收的喜悦。10 月 26 日，我的生日。多美的季节呀！

秋天到了，树开始落叶了。枯黄的叶子落在广阔的土地上，慢慢地堆成一座小山，踏上去软绵绵的。"落红不是无情物，化作春泥更护花"。雨中，细细的秋雨像一位姑娘在倾吐自己的心事，雨后，我望着天空，望着碧兰如洗的天空，真使我心醉。噢，秋是彩色的呀！

秋天，最快乐的要数农民伯伯了。他们忙碌了一年，等的就是这个季节，因为这是收获的季节，这是让农民伯伯心里比蜜还要甜的季节。小麦、玉米、大豆等果实，凝聚了农民伯伯多少血汗呀。这一堆一堆、一袋一袋的果实，就像农民的"金娃娃"一样，带给了他们无限的幸福与欢乐。

哈萨克牧民也赶着肥胖的牛羊，乐滋滋地从山里回来定居了。那一头头膘肥体壮的牛羊，不正是他们秋天的收获吗？

秋天，的确是收获的季节，上高三的大哥哥、大姐姐们，也一个个拿到了大学的录取通知书，别提他们有多高兴了。他们收获丰收的喜悦，收获着成功与希望，这可是他们十几年来勤奋学习、刻苦攻读的收获呀！秋天，也是妈妈收获我的季节！

秋是迷人的，秋是收获的，秋是多彩的，秋更是美丽的……

我爱你,秋!

4. 11月7日,星期天,大雪

个儿不高,爱扎两条小辫子,眼睛不大不小,眉毛很淡,但有一张棱角分明的小嘴,这就是正处于"婴儿后期"的我。

别看我长了个女孩子模样,但性格总是直来直去,开朗大方,才不像女孩子呢。这可不能怪我,全都是爸爸妈妈干的好事,谁叫他们工作一直都那么忙。小小的我就全托付于我的三个舅舅。我喜欢打牌、下棋、变魔术……有时,爸爸妈妈还说我纯粹是投错胎了。可是我觉得这样蛮好的,总比性格内向要好吧。

上四年级时,却有人问我,你在学前几班,,我不好意思地说"一班",其实我都上到四年级下学期了。谁叫我的个子这么矮。

说实话,我嘛,个子虽矮,可是爱好可不少,我喜欢跳舞、喜欢唱歌,并过完全国声乐九级考试。我喜欢看课外书,但现在连作业都要熬到深夜一两点,哪还有闲情看课外书;我还喜欢……我是不是有点太忙了点,可是谁让我是初中生呢。

在我小的时候,我非常不喜欢学习手风琴,我常常投机取巧,哄爸爸妈妈高兴。又该练琴了,今天的曲子非常难,再加上十几公斤的重量,我真是感到拉琴的"难"。我

抱起琴拉了两下就特别的累,我东张西望地搜索客厅,想找出个好的理由,忽然我盯上了复读机,立刻想出一个好点子。

我把复读机按到"录音"状态,开始拉琴,拉完琴后,再按到复读状态,就可以听到我刚才拉的曲子。我欣赏着自己刚才拉的曲子,看着心爱的小说,心里别提有多高兴了。

乐极生悲吧,正当我沉浸在小说的故事情节时,我的肩头被人轻轻地拍了一下,呀!妈妈早已站在我的身边。

经过一年多的学习,我爱上了练琴,并喜欢上了琴。

这就是我,一个开朗大方、爱好广泛的女孩子。你喜欢这样的女孩子吗?

童年趣事

（一）

童年,对于我来说是一片灿烂的阳光。或许在这金色的童年里,小小的我闹出了许多小小的笑话。那就请你来听听吧!

在我 3 岁的时候,有一次,爸爸和妈妈领着我去爷爷奶奶家过年。一进院大门, 只见猪圈里有许多头小猪娃子。

好奇心很强的我走进一看, 不由得大声惊叫起来:"爷爷,奶奶,你们家里的大狗熊可真多呀! "

"啥？ 你说啥？ "

"哪儿有大狗熊呀?我咋没见过呀?"我的一番话把在一旁干活的爷爷弄得稀里糊涂的, 而爸爸妈妈却捧腹大笑。看着爸爸妈妈笑,我也傻笑。爷爷奶奶就别提有多糊涂。听着爸爸的讲解,我真是觉得又惭愧又好笑。

（二）

我一直生活在美丽的阿勒泰市, 这是一座山青水秀的小山城, 城市里的小朋友都喜欢吃土豆丝,我也不例

外。

一年中秋节,我和爸爸去爷爷家过节。一见面,奶奶就把我抱在怀里,又亲又摸的。那时我才五六岁呀。我感到奶奶的手很粗糙,摸在我脸上像锉刀一样,很疼。

"妮妮,你想吃点什么?"奶奶拉着我的手关切地问,

我毫不犹豫地回答道:"那还用问吗? 土豆丝"!

爸爸故作郑重地对我说:"那你和奶奶一起,摘——土豆去吧"。

以前,我一直以为土豆和苹果、桔子一样,是长在树上的,等成熟后才能采摘的。我很兴奋,因为我还从来没有"摘"过土豆呢。

只见奶奶走到房外,从门旁扛起一把铁锹。我感到非常奇怪,奶奶扛铁锹干吗? 会不会是浇水挖地呀? 我抱着"摘"土豆的好奇心跟随奶奶去了。

我一路走着,一路问着奶奶,不知怎的,奶奶走了一路笑了一路,我也跟着奶奶傻笑。突然,奶奶把肩上的铁锹往地里一插,双脚一定,不走了。

我判断土豆就在附近,对四周不断地观察着。只是仰着头在田边的杨树上找吊着的土豆,想把它们装进篮子里,可一棵棵的树上,除了树叶什么也没有呀?

忽然,我看到奶奶用铁锹在土里翻了两下,一大窝土豆就像鸡蛋一样, 排着队伍翻滚了出来。当时我就傻眼了,不是说土豆是"摘"的吗? 怎么? 怎么是从地底下挖出来的?

当时,我的脸一下子红了起来,为自己缺少基本的农业知识而惭愧不已。

回到家中，我想，我一定要告诉城里的小朋友们，土豆不是从树上长出来的，而是在泥土里生长的，是从泥土里挖出来的。事后一想，啊！土豆、土豆，土里长出的豆。

怎么样？我讲的第二个故事可笑吗？

（三）

每当老师站在讲台上给我们上课时，我真是从心坎里羡慕老师，要是我当上了老师该多好呀！

期盼已久的那一天终于到来了，我居然当上了"小老师"。这件事让我兴奋不已。老师为了提高我们学习的积极性，培养学生的语言表达能力，让每位同学都讲一堂课。同学们听了，有的高兴，有的害羞，而我是非常的兴奋。

我是第一位讲课的"小老师"，因为是我给老师提出的这个小小的建议，老师同意后，便决定让我为同学们上第一堂思想品德课，题目为《言而有信》。

为了讲好这堂课，我做了一个星期的准备工作：注意每一位老师讲课的方式、一遍遍地读着课文，向曾经当过老师的妈妈请教。

一个星期四的下午，我终于登上了光荣的讲台，为同学们上思想品德课。

我的心怦怦地跳个不停，我告诉自己，要镇定。终于我还是镇定了下来。

"上课"，我面对全班同学说道，

"起立"，同学们整齐地站了起来。

"老师好！"

"同学们好！"

本来我的心就跳个不停，加上"老师好"这3个字，更是让我难以平静。

"请坐下"，我接着说，"下面我为大家讲第六课：《言而有信》，我国的名誉主席宋庆龄就是一个言而有信的人……"。当课一讲完时，教室里马上响起了热烈的掌声，我的心激动得无法形容，我知道，第一堂课讲成功了。

以后，我盼望着第二次登上讲台，为同学们上课……

（四）

我8岁生日那天，爸爸送给我一辆自行车，那是我最心爱的礼物了！

星期六是一个阳光明媚的好日子，一大早，我就缠着妈妈，想让妈妈教我骑自行车。妈妈那天心情很好，爽快地答应了我的要求。想到自行车，我曾多少次在电视里看见运动员骑着它在大路上飞驰，多威风呀。于是我和妈妈便推着车子出发了。

一路上，我边走，边哼着《还珠格格》里的一首歌《今天天气好晴朗》。

来到市委大院，刚开始妈妈扶着车把，让我慢慢向前蹬，渐渐地我开始掌握了要领，速度也加快了。后来，妈妈对我说，"不用我推了吧，要不，你自己来试试？"

"我能行吗？"望着妈妈头上大豆般的汗水和充满鼓励的目光，我点了点头。开始时还挺顺利的，但骑着骑着，我回头看见妈妈离我很远了，心里一慌，车把也不听使唤

地乱摆起来,我摔到在地。我等着妈妈过来帮我,可是时间一分一秒地过去了,妈妈竟然无动于衷。我看到妈妈在用目光和我说话,她的目光里没有你摔疼了的话,而是期盼和鼓励。我是个大孩子了,以后靠的全部都是自己。我终于忍住疼痛重新站立了起来。

这时,妈妈走了过来,她抚摸着我的头,脸上绽开了阳光般的微笑。不知为什么,此刻我觉得自己长大了,笑着对妈妈说:"妈妈,我一点也不疼的"。

我又骑上了自行车。

也就在这个时候,我懂得了一个人生的道理:跌倒了,爬起来。

(五)

童年,每个人都有,但是每个人的童年都不是一样的,我就有一个快乐的童年。

我小时候有一个奇怪的习惯,直直给我喂饭,我不吃,如果把手从桌子底下伸过来,我就立即吃得津津有味了,而且,动作不能重复。

每个人小时候都有淘气的时候,而且都有一段稀奇古怪的经历,我也不例外。

一次,家里停电了,妈妈点了2支红蜡烛,一再交待我:"不要摸,烫"。那时我的好奇心很强,我心想:这么好看的东西,为什么烫?说不定很好吃呢!

为了让我有事做,妈妈给了我一本小画书,让我看着,一再交待我"别摸,烫",说完就到厨房里做饭了。

妈妈一走,我乐了,机会来了,便把手向蜡烛伸过去,

准备把灯芯拿到嘴里，当手刚挨上通红的火苗时，"啊！！！"

闻声飞奔赶来的妈妈，看见我手上起的一片大大小小的血泡，不用问，就明白我干过什么事情了。

包扎完伤口，妈妈说："来，把手放在火苗上，拿着玩吧"。"不"，我已经吃过一次亏了，再不能上当了。便把手使劲藏在衣服里死活不拿出来了。

看来，一些事情，只有经过亲身体验才能明白过来。生活中这样的事情还很多，听起来它们都是一件件小事，但在其中，却包含着许多深刻的道理。

在我的童年里，快乐很多，哪天有时间，请你和我一起分享这些快乐吧。

园丁颂

一个春天的早晨,空气格外清爽。我们走在林荫大道上,见一位老大爷在路旁浇树,手拿铁锨东奔西忙。匆匆流淌的渠水,仿佛在轻声歌唱:"小树苗呵,愿你快快长大,早日成为栋梁!"老大爷把歪倒的小树,一棵棵地扶起,那关心爱护的程度,不亚于对待亲生儿郎……

我一边看,一边想,仿佛我敬爱的老师来到身旁——他那亲切的话语,鼓舞着我前进;他那慈祥的笑容,给我增添无穷的力量。

谁能忘记,他带病给我们批改作业;谁能忘记,他顾不上吃饭给我们把课上。为了我们的学习,他曾通宵不眠;为了班上的工作,他费尽心肠。谆谆的教海,耐心的叮咛,时常在我耳畔回响:"书山有路勤为径,学海无涯苦作舟。""要想为国家多做贡献,必须勇于攻坚向上!"……每当我想起这些,一股股暖流呵,涌进我的心房;每当我想起这些,心中便产生许多美妙的遐想……

太阳露出了红红的脸庞,金色的阳光洒在我身上。和风吹拂着小树,小树仿佛轻轻歌唱:"谢谢你呀,辛勤的园丁! 我们一定茁壮成长,绝不辜负您的期望!"

蓝莹莹的眼睛

　　我出院已经半年了,但我总感到,有一双熟悉的蓝莹莹的眸子,在我记忆的荧屏上晃动。

　　哦,那是我的好哥哥———一位哈萨克族好医生的双眸。

　　半年前,我受伤住院了,待我醒来,已经躺在医院的特护室里了。恍惚中,我看到的是一张慈祥的脸。那张脸上有一双湛蓝的大眼睛,像晴空,像深海。他目光柔和地望着我:"小妹妹,感觉好点了吗?"我好像感到是在小时候,慈祥的母亲正轻抚我的头,好舒服哟!"不疼,医生大哥哥,真的不疼。"不知为什么,我头一次撒了谎。

　　经过蓝眼睛大夫几个月精心的治疗和护理,我各处的伤口都已复原。几个月里,我和这位蓝眼睛哥哥结下了深厚的情谊。他经常给我讲故事听,其中好多是哈萨克民族和汉族亲如一家的故事。

　　有一天,他对我说:"小妹妹,你可以下床试着走走了。"哇,我简直要乐死了。但只过了一会儿,我便丧气地说:"不,我恐怕不行,我不敢。""别怕。"蓝眼睛哥哥真挚地鼓励我:"有我呢!""不!医生哥哥,我怕。"我乞求般地躲着他伸来的手。"起来"蓝眼睛发狠了:"小妹妹!别忘了

你还要早日回学校去学习!起来,你不能这样!"我怯怯地望着第一次发怒的他,我知道自己错了。我咬着牙,挣扎着下床,摇摇晃晃,一步一步向前走。他紧张地扶着我,不断地说:"对,慢慢地,就这样,很好。"一会儿,我就两腿发软,一下子歪倒在他怀里。他擦着我的汗,高兴极了。我望着他湛蓝的眼睛,充满了信心。

1个月后,我伤愈出院了。可是,一种从未有过的复杂的感情涌上心头。我好舍不得蓝眼睛哥哥!我忘不了他讲的故事,忘不了他对我像大海一样的手足之情。

呵,海水,多像他那双蓝莹莹的眸子!大海,多像他宽阔无私的胸怀!

沙枣树

夜风匆匆忙忙地在草原上跑来跑去,不住地喘着气。

一棵古老的沙枣树静静地凝望着天空,夜的呜咽没有使它感动。它已冷漠了,不懂得什么是悲哀。但它自己却哀伤地想到,它老了,它紫色身躯干裂了许多深沟,它没有足够的力气长出新叶、开出鲜花。于是,它开始回忆往昔,就像老年人回忆他们的童年一样。

它的生母是戈壁,戈壁给了它一颗坚韧、刚强和深深热爱生活,并懂得自己生命价值的心。当它还是种子的时候,一只鸟儿把它带到了草原。

草原以她宽厚的胸怀拥抱着她的养子,并用自己的乳汁哺育着小沙枣树。

小沙枣树第一次见到阳光时就发现自己很孤独,但并不寂寞。它毕竟是戈壁的骄子啊!它不希望一辈子在温柔的世界里,过那快活舒适没有拼搏的生活。

在它出世的第二个年头,旱神侵袭了草原,草原母亲经不住折磨而枯萎。在这一片枯黄中,倔强地显出了一点绿色。那,就是沙枣树。

沙枣树为自己母亲的憔悴而心碎,也为自己的信念而自豪,它愤怒地向旱神挑战:"来吧,我不怕你!"它的心

中奔流着戈壁的血液,充满了惊人的毅力和恒心。

草原为有这样的骄子而欣慰,她挤出最后一滴乳汁,说:"坚持下去吧,孩子,你会胜利的"。

沙枣树也为有这样崇高的母亲而骄傲,它鄙夷地对着旱神冷笑。

它的绿色,那样固执,刺痛了旱神冷酷的心。

旱神终于败下阵来了。

草原母亲的脸又湿润了,她依旧迷人和美丽。

草原歌颂着沙枣树的坚强。

沙枣树叹了口气,现在它老了,火热的信念已经冷却。它品尝过胜利的美酒,醉心于热情的赞歌,可如今什么也不存在了,只有些悲伤的回忆。

一只雄鹰在暗夜中飞翔,听见它的叹息,便高声叫道:"怎么,你对生活失去信心吗?你忘了壮丽的人生吗?你要辜负草原对你的赞美吗?拿出你的勇气来吧。既使是死,也要光荣地结束你骄傲的生命!"

沙枣树思索着,它心中的烈火开始燃烧,它的全身又聚满了力量,就像和旱神斗争时一样,于是沙枣树最后一次长满绿叶鲜花,淡黄色的花串吐着浓香,渗透了整个草原。

沙枣树就这样走了,带着一树浓香和尚未消失绿意的叶子。它没有一声叹息。

整个戈壁哭了,夜奏起了哀乐!

登骆驼峰

没有烈日炎炎下的大汗淋漓之苦，没有倾盆大雨下的浑身冷颤，我们是无法体验成功后的喜悦的。我和同学们在一个雨过天晴的早晨，开始了自己登山征程，天公大概也并不想怎么为难人们。自早晨起，淅淅沥沥的小雨便下个不停，只有半个小时，天空便渐渐晴朗了，阴转晴，我们的心情也正如这天色一样。

来到山脚下，我们仰望山峰，啊，那骆驼峰虽然没有泰山那样雄伟，也没有黄山那样险峻，可对山脚下的我们来说，却也十分壮观了。

踏着松软的泥土，迎着山野混合着野草芬芳的微风，我们迈出了第一步，登山的第一步——艰难征程的第一步——成功的第一步——人生旅程的第一步不也是这样迈出的吗?迎着习习微风，精力充沛的我们说笑着、追逐着，转眼之间，便在身后留下了一段长长的山路。

山，愈来愈陡，心，也越来越沉，刚才还说笑不停的嘴此刻只有呼呼喘息的份了。爬，四肢着地地爬，有些同学也不顾什么文雅不文雅了，反正心中只有一个信念:爬到峰顶! 女生肩上的包，一个个地滑到了身强力

壮的男生肩上！快要落伍的几个体弱的女生实在爬不动了，走在前面的许文便退后几步，伸出手欲拉，又有点不好意思，急中生智，便从他那已提了几个包的手中，抽出一把伞递给下面的女生，"哗……"山上、山下，凡看到这一幕的老师同学都情不自禁地笑了，这不是嘲笑，更不是邪笑！一把伞——很普通的一把伞，只在两手相握的一刹那，填平了男女生之间的界限，增进了男女生之间的友谊……

山谷间回荡着我们舒心的笑声，就连微风、草石似乎都受了感染……

心在跳，腿在抖，我们仍在攀登，回头遥望山脚下，只能说遥望了，那长长的、崎岖的一段路已被我们踩到脚下。回首鸟瞰，印入眼帘的阿勒泰概貌，想想曾有古人云：登泰山而小天下，此刻我也不禁想高吟：登骆驼峰而小阿勒泰了。望着缥缈的山顶，我一鼓作气，踏着前人的足迹攀登。蓦然，我停住了，就这样走下去吗？我想起了鲁迅的一句话："地上本来没有路，走的人多了，就有了路。"是啊，路是人走出来的，我也是人，一个有血有肉有魂有灵的人，为什么一定要重复别人的脚印呢？毅然，我避开捷径，向那堆没有足迹的杂石堆攀去，虽然，路很陡很险，但这毕竟是我用自己的思想来走我自己的路啊！

心，还在跳，腿，还在抖，然而我终于还是上来了，心中溢满了欢喜，但我没有像往日那样雀跃、欢呼。站在骆驼峰顶，我默默地俯瞰着阿勒泰的全貌，小时候我随爸爸妈妈也曾来到这峰顶，可那时在我视线内几乎

没有几幢高楼大厦,而如今,到处都是一幢幢拔地而起的高楼,特别是那富有民族风味的建筑,更给人以耳目一新的感觉。秋风拂面,我闭目贮立于峰顶,我在想象再过几年我又将看到怎样一幅图景……

我发明了新型汽车

在 30 年后的今天，大街上会出现一种新型的汽车，这就是我发明的新型太阳能、电能混合动力汽车。

这部汽车主要由吸收太阳能的材料制成，将太阳能收集起来，变成电能带动发动机，即使在夜晚发动机也可能用白天积攒的电能来驱动，充足 10 分钟的电，就能跑 100 公里的路途，而且发动机没有噪声，对环境也不会造成一丁点污染。

坐在车里面，立刻有一种豪华舒适的感觉。驾驶员可以选成手动驾驶、半自动驾驶和全自动驾驶。全自动驾驶就是由智能电脑驾驶，只要定好目标，你不用手动一切全靠机器操作；半自动驾驶就是由智能电脑操纵速度和转向，而驾驶员则操纵方向；手动驾驶就是由驾驶员全部控制速度和方向。这辆车的安全系数也很高，有一定的安全保护措施，遇到紧急状态会自动采取措施，帮你躲开路上的障碍物。

在车的驾驶室内的仪表中，有一台特殊的小型电视，它既可以接收到和普通电视一样的信号，也可以告诉你行进的位置和坐标，帮你进行卫星导航。下面有一台新款播放器，接收来自公路管理与交通管理的信息。在副驾驶

的座位前,有一台最新研制的语音电脑,你可以通过说话和电脑交流,也可以让车子全自动驾驶行进,你自己用鼠标在网上自由翱翔。

我的理想就是这款新车的设计者,要研制开发这种车辆还需要许多方面的知识,从材料学到力学,从光学到电学,从电脑知识到程序控制。我想,以前学习的知识是远远不够的,从现在起我就必须努力学习,大量吸收各方面的知识。

这样,我的理想就不仅仅只会是一种梦想了。

小 路

妈妈常常告诉我,她在切尔克齐乡长大,家的后面有一条小路,几乎被荒草侵占。路边的草地里长着很多高大的柳树、果树。时有鸟儿在树上光顾,荒草中也有花儿的种子在生长。

小路很窄,不知它有多长,每天晚饭后,妈妈总要到小路上散步,却总是走不到头……

散步,是一件很好是事情,已成为妈妈生活中不可分割的一部分,傍晚的天空,绮丽的云霞,血红的太阳,从树梢上透过的黄色光晕,构成一个奇妙的环境,可以给人提供很好的思索场所,而每每思考的内容都曾受到环境的启发。

妈妈说,大路的出现,使得小路几乎无人问津。小路上遮满了枯枝败叶,布满了碎石、小坑……妈妈说她喜欢用脚把碎石踢开,把枯草勾走,把小坑填平。

寒冬过去,春天来临,柳枝吐青,野草喷绿,花红鸟啼,万物勃发,棉衣换成了单衣,我慨叹着时间的流逝,心里想着妈妈小时候每天走的小路仿佛在向我欢呼、招手。冬去春来,小路上的景色一定很秀美,非常诱人了,我真想过去看看,光从妈妈嘴里听说,就已经身临其境了,如

果能亲自在小路上走走,体验体验,那是怎样的一种感觉啊!

无论如何,通过小路,我好像悟出了人生的哲理"人生的价值在于追求"。领会了小路的启示:知识是无限的,就和小路没有尽头一样。

妈妈常说只要是路,哪有尽头呢? 就像学习一样,永无止境。

发令枪响后……

——记运动会场上的一件事

"砰"！

运动员们像离弦的箭一样冲出起跑线。我最要好的朋友——安凯也在这支队伍里。看,他正在精神抖擞地向前冲,第四名、第三名……,哈,他已冲在第二名的位置上了。要知道,这可是男子 800 米比赛哩！

看到他在赛场上的劲头,我不禁想起了往日他头顶烈日、满头汗水地训练的情形。为了在 800 米比赛中取得好成绩,安凯从开学以来,几乎每天的业余时间都用在这训练上, 每天他都要沿着学校的跑道跑个三四圈,每次跑完他都气喘吁吁,脸颊上都是汗水。说实话,他跑步的速度并不快,耐力和我一样,时间长了就跑不动了,可是身为五班体育委员的他,为了在班里起表率作用,为了班里的集体荣誉,他毅然决然地报名参加了运动会上最艰苦的项目——800 米长跑。且不说别的,他这种敢于挑战自我的精神足以让人佩服得五体投地。比赛当天,我还向他预祝取得好成绩。

眼看第一圈就要跑完了,不幸的事情发生了,另一名运动员超过安凯的时候,不慎将他绊到。我在场下目不转

睛地看着他，心想：快点站起来，安凯！快点站起来呀！只见他迅速地站了起来，仍然以往常的速度向前冲，第一圈跑完了，他与第一名已经有了半圈的距离了，可是，他继续向前冲着，他的表情显示出他非常疲惫，从他的动作与节奏上，也可以看出他已经没有多少的力气了，但是他还是大步流星地迈向终点。其实他明白，前几名已经离他而去，他仍然坚持着……

是的，人生就像一次跑步，在跑步中难免会摔倒，可是在摔倒后需要的是一种站起来继续追赶的勇气和决心。只要有了这种精神，人生就是再平淡也是辉煌的。

下象棋

在3个舅舅的诱导下,我变成了一个象棋爱好者,只要有熟人来家玩,我都要请他杀两盘,今天是星期天,又有机会和爸爸较量较量了。

摆好阵势后,我根据以往的经验,知道爸爸总要先架当头炮,再出左右车。果然爸爸左炮平五,占中线,我立即飞马保卒。两个回合以后,双方都扎住了阵脚,一场大战开始了。

爸爸的车越过河岸,积极进攻。我不甘示弱,准备保住卒马。不想爸爸先进一步,不等我出车,就来捉我的马。不好!我如跳开,爸爸就会炮打卒子,形成当头炮的局势,这样一来,我就会失去主动权。只好舍去一马,顾全大局。

我布置兵力,准备反攻,车打头阵,炮随其后,连攻爸爸的中炮。他炮退一步,马露车前。我不假思索用车吃马。不料爸爸是用了"袖里藏刀"计谋,他这是为了分散我的兵力,以利自己进攻,进而把我的兵力各个击破。唉!悔之已晚,我的炮和车失去了联系,在爸爸的围攻下,心爱的大炮一命归天。

随后,爸爸不等我退车固守"城门",就出左车,飞左马,炮打一路卒,三面进攻,为了保住老帅,我只好去拼爸

爸的车。这时，我在前线还有一点希望，便调动守城车，准备打一场鱼死网破的拼命战。我指挥三军，兵分两路，左右夹击，气势咄咄逼人。爸爸不慌不忙，炮居中路，车站河头，马保两卒，密集防守。我左冲右杀，怎奈爸爸车马炮占据要津，我不但没有攻破防线，还损失了两员大将，急得我是心火直窜。

正当我重整军容时，爸爸的车炮已经乘虚进攻了。我措手不及，仓促应战，因为缺少了一个守城象，抵挡不住爸爸闪电般的攻势。不一会儿，我就帅门大开，"呜呼哀哉"了。

胜败乃兵家常事。我失败的原因就是贪图眼前利益，没有充分地做长远打算，求胜心切，内部空虚，必然导致败北。但是，只要吸取教训，还可以反败为胜。学习也是如此，"胜不骄，败不馁"，才能不断进步。

我心中的百合花

一个紫色的小精灵，紧紧地地攫住了我的心。一朵多么可爱的小花呀，我轻轻地捧住了它。忽然又看见了第二朵、第三朵……我被这紫色的小天使迷住了，我轻轻地握住刚采的一大把花，心里却希望所有的花都属于我。

我深深地爱上了这紫色的小花，她那样地纯洁、文雅。虽然她没有玫瑰的妖冶，牡丹的富贵，也没有月季的火热，更没有腊梅的坚强。正因为它平凡无奇，我才深深地、真挚地爱上了她。她使我想起生活中那许许多多平凡的人们，他们把一腔热忱无私奉献给了人民，就像这紫色的小花，默默无闻地点缀着春色，奉献出自己全部的爱。

虽然没有人知道这千百朵花中的一朵，但我却在心里默默地叫一声"我心爱的小百合，我爱你！"

园丁——老师

　　每当我漫步在公园的花径上，观看那赏心悦目的朵朵鲜花时，不由地就想起辛勤的园丁，看着，看着，那些花朵分明变成了迎着阳光微笑的儿童，那园丁分明变成了满含温情的老师。

　　老师，您是多么平凡，又是多么伟大。多少个日日夜夜，多少个年年月月，你总是工作着，不怕艰苦，不怕劳累，把你的青春年华，无私地献给了祖国的教育事业，不论春夏秋冬，不畏严寒酷暑，你总是奔忙着：春天，你迎着春光出发了，带来新的希望；夏天，你迎着烈日前进了，洒下了辛勤的汗水；硕果累累的秋天来到了，你又收获了一批人才；北风呼啸的冬天来到了，你又有了新的目标，踏上皑皑的冰雪，走上了新的征程。

　　你永远忠诚于你的事业，你永远爱你的学生，母亲把母爱献给自己的儿女，而你却把纯真的母爱，献给了千千万万的孩子们。你用温柔的话语，妙趣横生的故事，把一个个无知的孩子引进了浩瀚的海洋。你是舵手，指引着方向；你是一把金钥匙，打开了一个又一个知识宝库的大门。两鬓染上了白霜，皱纹悄悄爬满你的额头，然而当你回顾年轻时走过来的脚印时，看到一批批成长起来的学生时，你笑了，笑得那么甜蜜，那么纯真！

啊！老师，你的事业是平凡的，你的奉献是无私的。你是人类灵魂的工程师，你是母亲的化身，我永远歌颂你。

美人松

长白山上有一棵俊俏的美人松。在明亮的月光下,她婆娑起舞,犹如出水的仙子;在和煦的朝霞里,她身披红袍,恰似英武的女将。春天,她最早吐绿,青翠的树叶比少女的长发还美,冬天秀丽的枝干托着皑皑白雪,赛过运动员健美的腰身……不料,在夏季一个漆黑的夜里,狂风大作,这棵美人松被吹倒了!

第二天清晨,霞光发现俊俏的美人松倒下了,急忙问:"美人松,你怎么了?"一会儿,大阳公公从树林里爬上来问:"美人松,你怎么啦?"

一群啄木鸟飞来,霞光和太阳不约而同地问道:"啄木鸟大夫,你看美人松到底得了什么病?"

啄木鸟用它那又尖又硬的嘴啄了啄,又到树根那儿看了看,惋惜地说:"这棵美人松既没得什么病,也没有蛀虫,是它的根扎得太浅了!"说完拍着翅膀飞走了。

太阳公公叹气说:"哎……它是根扎得太浅了,看来,干什么事情,都要打好基础啊!"

文 竹

第一次见到文竹是在吉木乃县。爸爸在吉木乃县工作,我和妈妈到那里看望爸爸。它生长在一只不加装饰的红泥巴花盆里,放置在一个不起眼的角落,在周围姹紫嫣红的花的映衬下,它显得那么朴实、素净,又是那么不起眼。但是,我突然发现了它,也就是那么一眼,便深深地喜欢上了它。

于是,我把它捧回家放在窗台上,仔细欣赏起来。文竹虽只有 20 多厘米高,翠绿的节状茎,细长但不柔曲,一根根枝叶参差不齐却错落有致;细如花针的竹叶,一片片平铺在一条条竹枝上,远远望去,层层叠叠,好像一把把张开的小伞,又像飘在半空中的团团绿云。在这样一种雅致脱俗的植物间,再点缀些精致的小假山、小瓦房,简直就是一片袖珍竹林。注视久了,就觉得自己已经在竹林里玩耍嬉戏,在绿荫下感受大自然的美,"神游其中"也就"怡然自得"了。

原以为文竹只继承了竹子清秀挺拔的外表,不知它也被赋予了竹的那种坚韧不屈的品质。文竹的生命力很强,生长速度也快,刚拿回来只是稀疏几棵,1 个月后已经是郁郁葱葱了。

　　古往今来，多少文人墨客赞颂过苍松翠柏，冬梅秋菊,而赞颂文竹的却少之又少。而我就要大声赞颂这美丽又可爱的植物文竹。赞美它清秀脱俗的外表,赞美它顽强的生命力,更赞美它坚韧不屈的可贵精神!

我翻阅老师的中学时代

　　我悄悄地、轻轻地将老师的中学时代翻阅。哦，老师，那时您也是个充满稚气的女孩，您的笑也和我们一样天真、纯朴。哦，您也玩过皮筋？您也和男生赛跑过？哦，你们也到桦林游玩过？你们在林间戏闹，还是向桦林倾吐对自然界的爱？桦树叶簇拥着你们，河水泛着点点银波，你们都探着头……那时你们的笑声，一定震动了桦林吧！不然，桦林怎么会用惊奇的目光打量你们呢？

　　呵，老师！原来您也曾有过和我们一样欢乐、美好的中学时化。老师，说实在的，我不喜欢您训斥我们的样子，我不喜欢您帮助我们堆积参考书的样子，还有，我不喜欢您使我们害怕接近您的样子……

　　老师，我喜欢你和我一样的中学时代！

　　老师，请您也来翻翻我们的中学时代，找出您曾拥有过的那部分快乐！

　　老师，您可别把您的中学时代，遗忘在繁忙的工作里，更别让时光，在它的上面蒙上一层厚厚的灰尘！

有感于宝宝学步

今天,老师又出了"怪"题了:《有感于……》。

我挖空心思想了半天,还是没有写出草稿来。我丧失了信心,索性把作文书往书包里一塞,快快然走回家去。

刚走进我家的院子,妹妹佳佳拉着我的手叫:"姐姐,快来看哟,真有意思!"

我走到跟前把嘴一撇,说:"哼!我还以为你们玩什么有趣的游戏呢。"正当我扭头要走的时候,妹妹紧紧拉住我的手,原来是隔壁刘阿姨正教刚满周岁的小宝宝学走路呢。

刘阿姨手里拿个小拨浪鼓,不停地摇着,宝宝伸手去要,向前一迈步,摔了一跤,于是扬起一阵笑声,刘阿姨赶忙把宝宝扶起来,又退到离宝宝两三步远的地方,这样反复几次,宝宝摔怕了,站在那里直哭叫,刘阿姨笑着,又从口袋里掏出一块牛奶糖来引诱他。宝宝看见了牛奶糖,高兴得不顾一切,向前迈出好几步,才摔倒在刘阿姨跟前。宝宝哭了,大家笑了。刘阿姨把宝宝高高举起,笑着说"宝宝很快就要学会走路了!"……

听了刘阿姨的话,我茅塞顿开,急忙回家取出纸笔,赶写我的作文:《有感于宝宝学步》……

寻找"奶酪"

——读《谁动了我的奶酪》有感

"在茫茫人海中,或许你曾迷失、怅惘,但是一本好书却能为你引导方向!"在现实社会中,我的的确确找到了一本指导人生道路的书:《谁动了我的奶酪》。

翻开这本全球销量第一的书细细品读。它成功地塑造了4个主人翁:小老鼠嗅嗅、匆匆,小矮人哼哼、唧唧。它们各自的性格不同,正如同世上各式各样的人一样,而书中的奶酪,就似生活中的一份工作,就似健康、金钱、人际关系一般,我们总是在追寻它,渴望拥有它,希望从它身上取得幸福。但得到了梦寐以求的"奶酪"后,你又有可能随时失去它,这时,你便会心痛不已,可是你必须重扬风帆,在如迷宫般的社会中摸索,继续去寻找你所需要的"奶酪"。

或许,在寻求"奶酪"的路途中,每人都有各自不同的方法,在这儿,我又不得不提中国的一句古谚"笨鸟先飞"。嗅嗅、匆匆并没有像小矮人那样可供思考的大脑,仅仅依靠嗅觉,一条路、一条路地探索,当它们到达"奶酪C站"的时候,自然很高兴,在稍稍体味胜利果实之后,便又匆匆出发,不断地向自己提出挑战,不断努力,终于在小

矮人之前到达"奶酪 N 站"。

但是,最可怕的是在失去奶酪后,只是一味地抱怨是谁拿走了它,而不思改变、不思进取,这样的人,便不会得到奶酪,只能等待别人把奶酪一块一块地拿走,直到最后一无所有。

中国是一个文明古国,为何在科技文化上落后于西方国家,你有没有认真地思考过? 是因为我们的国土不够大? 因为我们人口不够多? 不是,完全不是。那是因为我们中的不少人,只是一味地寻求安逸,渴望得到"铁饭碗",一辈子死守着一个职业,把安稳平淡当成一种幸福。他们讨厌变化,憎恶变化,对"强者生存"的世界感到害怕。

人生需要挑战。你只要能提前预见变化,能追踪变化并很快适应它,就一定会在变化中摄取更多快乐与幸福。

谈失败

失败，这是一个使人想起来就痛苦和失望的字眼，失败，真乃不幸！然而巴尔扎克说："不幸，是天才的进身之阶，信徒的洗礼之水，能人的无价之宝，弱者的无底之渊。"可见，失败能导致两种结果：失败到胜利；失败到失败。

"失败乃成功之母"。对奋斗者来说，他会找出失败的原因，总结出点滴收获，为早日成功奠定基础。他能摆脱失败的痛苦，在发明灯泡时，就先后选用了 6000 种不同的物质做灯丝实验，实验了无数次，失败了无数次，但他终于选定钨丝，获得了空前的胜利。

然而，生活中又确实有不少弱者。开始踌躇满志，而一遇失败，就灰心丧气地说："我失败了，我完了！"他们失去了进取心和前进的勇气，他们面前已经没有一丝一毫的胜利之光闪耀，那么，从他认为失败之时起，无数次失败将伴随他度过碌碌无为的一生。

失败与成功的转折点，在于成功的思想，要有战胜失败的信心和勇气，如果害怕失败，畏缩不前，则失败就会屡屡光顾。

世上万人，谁不希望摆脱失败之苦，谁不希望享受胜

利之甜？听听一位科学家的话吧：我坚持奋战五十五年，致力于科学的发展，用两个字可以道出我最艰辛的工作特点，这两个字就是"失败"，而这种失败便是登上顶峰的阶梯。

让我们不后退、不气馁、不放弃斗争和进取，总结经验教训，变失败为胜利吧！到那时，你就会深刻理解到"失败"的真正含意。

水滴穿石

在自然界,我们看到这样的情景:连续不断的水滴,点点滴滴地落下来,最后竟把坚硬厚重的岩石滴穿!

欲凿穿这些岩石,即使借助于铁锤子、钢钎,也得花费很多气力,那么这么渺小的水滴是怎样穿透岩石的呢?古人说:"滴水穿石,非力使然,恒也。"

那么,我们能不能这样联想?一个人,不论能力大小,不论做事情多么困难,只要有持之以恒的精神,努力积累,就会获得成功。马克思在写《资本论》的过程中,不知疲倦地读书,数十年如一日地钻图书馆,以至他常坐的席位底下的水泥地,也被他的皮鞋磨掉了一层。我国清代有个著名的画家叫郑板桥,他的画独树一帜,诗也清新隽永,可是字却写得软弱无力,于是他下决心苦练。日日练,月月练;日复一日,年复一年,终于练得遒劲潇洒。他的画、诗、字被誉为"三绝"。这难道不是"滴水"穿透了"顽石"吗?

滴水穿石,还在于落下的每一滴水,方向明确,目标专一,正如激光,它把所有的光都集中起来,向着同一个目标照射,最后奇迹出现了。然而,现在有些人,认为学习、工作太单调乏味,朝三暮四,整日胡思乱想,在梦中也

在追求丰功伟绩，但是由于目标不专一，最后还是落得年华虚度，成为人们的笑柄。

滴水穿石的原因还在于：水滴虽小，却从不妄自菲薄，自暴自弃；它不骄不躁，永不气馁，矢志不移。

同学们在学习中也一样，如果能像小水滴一样，持之以恒，那就没有攻不破的难题。让我们拥有这种精神吧。

捉麻雀

　　去年放寒假，我跟爸爸到兵团连队的爷爷奶奶家过春节，有一天，天空中突然下起了鹅毛大雪，转眼间大地变成了粉妆玉彻的世界。

　　忽然，门口飞来了一群寻食的麻雀，我想，捉麻雀的好机会来了。

　　我先扫出一块空地，用一根拴着长绳的木棍，支起一个笼子，底下撒上一些粮食，准备完毕，我就悄悄埋伏起来。

　　一会儿，一只麻雀"嗖"地飞到木笼跟前停下来。它圆圆的脑袋，灰褐色的羽毛，有一双吸引人的眼睛，你瞧，还真有股子机灵劲！它发现有粮食，立刻高兴地"唧唧"直叫，好像发出了什么信号似的，一会儿就招来了一大群活蹦乱跳的麻雀。可是，这些麻雀非常狡猾，害怕上圈套，只是在笼子周围转来转去，谁也不肯轻易进去，吃完了四周的东西，它们又都飞走了。

　　一会儿，还是那只先来的麻雀，又来当"侦察兵"了。它慢慢地、一跳一跳地靠近木笼，头一伸一伸地，刚跳进去，又退回来。我的心痒痒的，真恨不得一下子扣住它。我目不转睛地盯着它的一举一动，悄悄地等着，等了好一会

儿,它还不进笼。我真不想再等了,可是一想,干什么事都要有耐心,如果缺乏耐心,将来也会一事无成。我便耐住性子,等待着,等待着……。

　　大约又过了十来分钟,"侦察兵"大概经过刚才的"侦察",觉得不太危险了,"嗯"地飞进了木笼,头一伸一缩地啄着食,一边叫着,好像在说:"伙伴们,这里没有危险!大家快来吧!"那群麻雀听到了它的呼唤,立刻飞了下来,潮水般地涌进了木笼,拼命地啄食。我想,时机到了,快拉!我立即将绳子一拉,哈!木笼劈头盖脑地扣了下来!几只机灵的麻雀闪电般地飞了出去,几只贪吃的麻雀,还没有弄清怎么回事,就被关进了"牢房"。它们真像热锅上的蚂蚁,到处乱窜。可是它们再也别想逃出我的手掌了,乖乖地当了我的俘虏。

　　欣赏完这些可爱又可怜的麻雀,我还是把它们放了,因为它们是属于蓝天的。

劫持飞碟

一天晚上，天空出现了不明飞行物，它呈圆形，像盛菜的碟子，向周围放出强烈的光，致使中国航天中心站的两架航天飞机，一接近它就骤然变成了残骸。

为了弄清飞碟的真相，我国制造了一架大型航天飞机——"成功号"，准备用来劫持飞碟。

2050 年 1 月 10 日，随着一声巨大的响声，"成功号"飞上了茫茫太空。机长是王林博士，还有几名宇航员。此时，"成功号"已飞出了太阳系，宇航员都入睡了，机长王林用高空探测镜观察着机窗外的每一颗行星。突然，他发现正前方有一颗行星飞速驶来，机舱里响起了警报声，几名宇航员立即醒了。王林大声呼叫："注意，正前方一颗像碟子样的星星，正向我们冲来"，并立即命令："用超激光消灭它！""是！"只见电钮一转，一道银白色的光束向来者射去。奇迹出现了，不明飞行物立刻被分割成众多的碟状飞行物，把"成功号"包围住了，并不断以特有的强烈光束向"成功号"射进，"飞碟"的几名宇航员几乎同时叫道："放出超激光，加强与地球联系！""明白"！……

此时，中国航天中心站正不断地接收着从"成功号"发来的有关对飞碟的观察情况和照片。突然，站长从耳机

里听到"成功号"报告："飞碟正向我们合力袭击！"站长立即下令："'成功号'改换磁场！"

于是，在茫茫天空里，宇航员们立即执行命令，机身外围又增加了一层强电磁场。接着王林又命令："对准飞碟，放出超激光迎击！"

一道道强烈光线从磁场射出，向"成功号"合力进击的飞碟个个像风火轮一样飞快地旋转着，无法再向"成功号"靠近。

"不好！前方出现大型飞碟！""嘶"的一声，无数个飞碟从"成功号"上飞出，它们各自载有强电磁场，致使大型飞碟和无数个小飞碟像一块生铁一样被吸住。"哦！抓住飞碟了！抓住飞碟了！

"成功号"机舱里扬起一阵胜利的欢呼。无数个被我国飞碟粘住的"敌人"，带回到"成功号"机舱内。

此时，"成功号"正满载着战利品，向陆地航天接收站降落。

额尔齐斯河边

盛夏,黄昏的额尔斯河轻轻地流淌,像一位娇美多情的少女。碧波在夕阳的映衬下非常美丽,白日的喧闹消失了,清清的河成了鱼儿们嬉耍的天地。一双白嫩的小脚,被小小的鱼儿们,当做精美食物似的围着、咬着。一个晶莹透明的玻璃瓶,被鱼儿们冷落在一旁,瓶子里,做诱饵的馍馍不耐烦地翻了个身。一个八九岁的小女孩,两只小手支撑着膝盖,滚圆的眼睛,一眨不眨地盯着水里被鱼儿们冷落在一旁的玻璃瓶,忽然她眉宇一跳,继而又失望地垂下。一条不足二寸长的小鱼,注意起瓶子里不耐烦地摇着身子的馍馍,小女孩的眼睛一下亮了起来。

突然,没容小鱼缓过神,两只白胖的小手,扣蚱蜢般地堵住了瓶口。小女孩在水里跳着,咯咯地笑着,两只小手虔诚地捧着玻璃瓶,俨然抓了一条神话里的小金鱼。小女孩嘻笑着跑去,留下了一串银铃般的笑声。

哦,这就是童年的我,这是无声的诗。

骆驼山的传说

阿勒泰有一座山,叫骆驼山。关于这座山还有一段美妙的传说呢。

很久很久以前,有一位农夫,家里有一只青色的骆驼。一天晚上,农夫对妻子说:"这只骆驼已经老了,把它宰了给孩子吃吧!"就在这时,在窗下休息的骆驼听到了这一席谈话,它很伤心,就流着眼泪对天和地诉说自己将要遭到不幸。星星和其他小动物对它说,我们来帮助你。骆驼把事情的来龙去脉说了后,星星对它说:"还是逃出去吧。"骆驼为难地说:"可是,逃到哪里去呢?"星星说:"你到前面那座大山上去找你的住处。"

骆驼逃出去后,跑到星星说的山上,向四处张望,突然看见一座陡峭的山上草绿得发亮,就打定主意去那儿,跑到山腰上,已累得筋疲力尽,扑到一块大青石上,躺下就睡着了,并永远地睡着了。

过了很久,大青石上留下了骆驼的身影,从此以后,骆驼山的名字就传开了。

新 绿

感情积蓄了一冬,今日才开始欢畅地流动。风温柔地亲吻着大自然,挣脱了残冬白色的诱惑,披一件绿色的斗篷,开始了她的旅程。

残雪,像白色的蚕儿,抽出万缕银丝,岩石在淅沥的雨丝中,用犁的梭,织着一幅彩色图画。

春便在水花的芽尖顶破冰层时,从冰缝里溢出来。

枯木,长出了新绿枝,让那些充满生机的新叶,在空中尽情地舒展。在种子的爆笑声里,在鹅黄嫩绿之中,春天到了。

春雨从朦朦的空中,从浮动的云层里,从悠悠的春风中飘落下来。草坪上星星点点,拱出了无数绯红的小嘴唇。哦,小草在萌芽……,它脉脉含情,把悄悄话托给春风。

春风,用透明的纱巾蘸着春雨,正给小草沐浴,嫩嫩的草茎儿,宛若搏动在婴儿手腕上的淡青色的脉管,激起了春的热流……

我多想化作一棵春草,为苏醒的大地谱写一首新绿的抒情诗。

秋

秋风来了，令人向往的秋天迈着稳健的步伐来到了。一切都像一个四肢发达的铁塔汉子看着自己强健的身体，心里乐呵呵的。就连村头那棵老柳树，也抚着银须在笑。

秋天的到来，对农牧区的孩子来说称得上是一种享受，也许是爸爸妈妈都是农村长大的缘故，我喜欢和农村的孩子一起玩。他们会是仨一群，俩一伙，到沙枣林，美美地摘上一口袋刚打过霜的"小黑头"，躺在一棵被称为"大红枣"的树下，闭着眼尽情享受。沙枣都红透了，像能掉进了嘴里似的。

"秋风一到落叶飞……"不错的，到秋天，那些杨树、柳树、榆树都不知怎么得了"黄叶病"，被阳光一照，金黄的。"呼"一阵凉丝丝的秋风吹来，安静和平的天空之中，立时展开了一场"叶儿飞行赛"。那些金黄的、浅红的勇士们，拿出平生最好的飞行技术，在天空中展开一场自由飞行赛。那些各色各样的叶儿们，你不让我，我不让你，拼命地在空中竞争着，看着看着，我好像自己也驾起一片金黄的叶儿飞船在空中飞翔着，一直飞到奥秘的太空城中……。我就喜欢和那些纯朴的孩子玩，一有空，就到乡下

奶奶家找那里的小朋友,农村的空气那么清新,人心是那么善良,秋天是那么迷人。

忽然一阵"咩咩……"的叫声和牧羊人的吆喝声,把我从太空中拉了回来,原来是羊群回来了,看那一群群大尾羊,真像朵朵白云在碧空中飘着,肥壮的羊儿,健壮的牧狗,跟着牧人跑着叫着,撒着欢,打着滚,牧民黝黑的笑脸像绽开的花朵。

秋天真像一本科技书,给我带来幻想和快乐。

秋天又像一个聚宝盆,装满了无数的丰收。

游桦林公园

　　夏日,骄阳似火。一个星期日,吃罢早饭,我和几个小伙伴,沿着克兰河一路欢笑走进了桦林公园。

　　流金溢彩的克兰河,转弯抹角穿园而过,把桦林公园分割成大小不等的6个河心小岛。岛上生长的大多是桦林,高大挺拔,伟岸正直。树下灌木丛生,绿草如茵,野花竞放,芳香四溢,潺潺流水不绝于耳,令人赏心悦目。我们一行4人,一边游戏,一边拍照,说说笑笑,跑跑跳跳,个个红扑扑的脸儿上都渗出了汗水。转呀,转呀,迎面几个大卵石拦住了去路,大家便不约而同地坐了下来,面对徐徐而来的顺河清风,微闭双眸,几多快感,几多惬意!

　　中午,我们返回中心的亭子旁午餐,此时,亭子周围已聚集了不少中外游客,或三五成群,或十个八个一伙,不远处传来了优美的冬不拉声音,啊,那是能歌善舞的哈萨克族青年,在跳富有草原特色的擀毡舞呢。我们一边吃着点心、水果,喝着甘美解渴的饮料,一边畅谈桦林公园的美丽风光和游览感受,谈得高兴时,便情不自禁地掏出笔记本来奋笔疾书。连平日不善言谈的小英姑娘也诗兴大发,读起自己写的诗来:"金山碧水花儿香,莺歌燕舞风送爽,今日置身'蓬莱'境,方觉人间胜天堂……"刚刚读

完,便扬起一阵热烈的掌声和赞叹声。

　　夕阳透过浓密的树叶,把金辉悄悄洒在人们含笑的脸上。此时我们方觉时间不早了。我们站起来深情地望了望桦林公园,怀着依依不舍的心情踏上了归程。

铃铛刺

铃铛刺是阿勒泰大戈壁上一种常见的野荆棱棱，它生长在干旱的戈壁和贫瘠的沙丘上，因浑身带刺，果实酷似铃铛而得名。

没有诗人去赞美它，没有画家去描绘它，更没有歌手去歌颂它，然而，它却默默地向人们做着贡献。春天，万物复苏，铃铛刺开始泛绿返青，不久便绽开一朵朵粉红色和白色的小花，色泽艳丽，清香四溢，引来了蜂蝶飞舞，美化了戈壁沙丘。夏天，赤日炎炎为戈壁呈现一片绿。秋天，金风徐徐，一串串麻雀蛋般的铃铛果丁当作响，优美动听，为丰收的秋季平添了一份欢乐的气氛。冬天，风雪弥漫。铃铛刺勇士捍卫着戈壁、沙丘。铃铛刺在整个生长过程中，不需要人们松土、施肥、灌溉管理，却默默地造福于人类。

啊，铃铛刺——土壤的卫士、家乡的骄傲，我们的榜样！

雏雁试飞

雏雁离巢，左顾右盼，对于周围的一切，它感到格外新鲜：林涛起伏，流水潺潺，曲径通幽，花草斑斓……它多想展翅高飞，把大自然的风光饱览。可叹它羽毛未丰，体力有限，在试飞中多次跌落地面，于是招来了乌鸦的嘲讽，燕雀的白眼，甚至连好心的兄长们也婉言相劝："在羽毛未丰满之前，希望你不要冒险！"

面对冷酷的现实，是知难而退呢，还是勇往直前？这是对雏雁的一场严峻考验。勇敢的雏雁抖了抖翅膀，决心冲破千难万险，起飞——跌落、跌落——再起飞……不断地总结经验教训，坚持不懈地练呀练……

终于，它成功了——飞向那万里蓝天。

额河四季

漂金流银的额尔齐斯河，是我国惟一进入北冰洋水系的外流河，她美丽可爱，举世闻名，一年四季，丰姿动人——

春天，风和日暖，冰河解冻，悠悠河水，蜿蜒西去。河畔杨柳林木葱茏，百鸟鸣啭，蜂飞蝶舞。牧民们开始转场，农民们开始春播。额河两岸，一派生气勃勃的景象。

夏天，河水上涨，急流飞湍，浊浪排空，蔚为壮观，河畔林木葱茏，百花盛开，暖风阵阵，笑语声声，农民们趁水量充足，心怀美好的憧憬，争分夺秒地引水灌溉。额河两岸，一派繁忙的景色。

秋天，河水低落，流速变缓，碧波荡漾，水清彻底。河畔野果累累，牧草葳蕤，歌声笑语，此起彼伏，牧民们忙着打草，农民们忙着收割。额河两岸，洋溢着欢乐的气氛。

冬天，瑞雪纷飞，大河封冻，宽阔的河面变成平坦的大路，往来车辆如穿梭。天真无邪的"巴郎"们，最喜欢在河里滑冰、嬉戏。河畔炊烟袅袅，肉香袭人，牧民从山里回来后，将在这里度过漫长的冬季。农民们一边品尝着丰收的果实，一边描绘着明年瑰丽的蓝图。

啊，四季如画的额河风光！勤劳朴实的草原儿女！

73

雨后的思索

傍晚,雨过天晴,东方的天空出现一弯彩虹,五彩缤纷。

仰望彩虹,我心中涌起万端思绪:人们赞美彩虹五光十色,鲜艳美丽;赞美春雨沐浴了花草,滋润了大地,给万物以勃勃生机……可是一提起乌云,总免不了贬斥几句。

每当听到人们对乌云蔽日的议论时,我就想,如果没有那些带着雨的乌云,怎么能有这些美丽的彩虹?!

小河边的联想

一个星期日的上午，我独自坐在家里自习，忽然遇到一道数学难题，我想呀想呀，想不出，气得我把钢笔一摔，悻悻地向家南面的克兰河走去。

正值春暖花开的季节，空气溢香，风和日丽，小河的流水，奔流不息。那跳荡的浪花，如同顽皮的小朋友，嬉皮笑脸地同你逗趣。我沿河堤逆流而上，边走边想，脑海里顿然漾起联想的涟漪——啊，欢腾的小河，你源于深山之中，你以坚强的意志，穿过千山万壑；你以顽强的毅力，冲破重重阻力，终于赢得了胜利；你用血液浇灌着两岸的良田沃土，你用乳汁，哺育着辛勤的草原儿女；你胸怀宏伟的目标，一路欢歌，向大海奔去……

面对奔腾的克兰河水，我不禁心中一亮，仿佛从中受到了某种启迪，于是我调转头儿，迈着轻快的步伐，向家中走去……

河边遐想

　　迎着晨风,披着曙光,面对奔流而去的河水,我展开了无穷无尽的遐想——

　　啊!欢腾的大河,你是山间一股涓涓细流,丁丁冬冬,日夜不停地流淌,时而隐身于石下,时而欢跳于山岗。冲破千丘万壑,绕过重岩叠嶂,汇集各路兄弟,形成一股巨大的力量,汹涌澎湃,浩浩荡荡,一路欢歌,奔向远方。是什么力量促使你的自强不息?

　　哦!原来,你胸怀一个追求大海的远大理想。

　　迎着晨风,披着曙光,面对奔流而去的河水,我心中油然产生无穷无尽的力量。

春天的朝阳

啊,春天的朝阳!你喷薄而出,光芒万丈。种子在你的沐浴中萌生,鲜花在你的照耀下开放,你使万物充满生机,你给人们增添希望……

啊,春天的朝阳!每当看到你英俊的笑脸,我身上便产生无穷无尽的力量;每当触及你刚毅的目光,我心中便油然升起了美好的遐想……

啊,春天的朝阳!你莫非就是我们新世纪年轻人的形象。

白桦深情

　　我小时就迷恋那柔美的白桦林，一次竟躲着妈妈，溜进那绿色乐园。那淡紫色的缀满翠叶的柔枝，那光洁雪白的桦皮，那林间刺丛中红艳艳的野石榴，那芳草丛中鲜嫩的蘑菇，都使我流连忘返。

　　突然，一阵"汪、汪"声由远而近，一只全身漆黑的大狗朝我奔来，吓得我乱哭乱跑。

　　"依—提！依—提！"随着唤声，一个花裙花帽的哈萨克小姑娘，跑过来抱住那条狗。

　　我望着那条狗迟疑向后退，"你，害怕？"她用生硬的汉语问我。接着对狗叽咕了一阵子。那狗便摇着尾巴，在旁边卧下了。她拉着我坐在草地上。"你的名字是什么？"

　　"月月"，"你叫啥名字？"

　　"古丽"。

　　以后，能互相听懂的话便不多了，只好借手势对话了。她领我到毡房见了她的奶奶帕尔罕。帕尔罕奶奶拿出奶疙瘩、包尔沙克招待我。

　　从此，我们便常来常往，白桦林成了我的乐园。我们的高兴劲啊，简直到了如痴如狂的地步。从此我们形影不离，不是她来我家学习，就是我到她家吃饭。衣着打扮也

一样,久而久之,语言沟通了,友谊也加深了。

然而,好景不长,小学四年级时,古丽跟随调动的父亲要转学了。从此离开了克兰河畔,离开了白桦林。临别的那天晚上,我俩手拉手在小木屋里放声痛哭,我送她一条红纱巾,她送给我一副刺绣,上面绣着白桦林,青草地,还有2个翩翩起舞的少女,上方绣着朗朗的4个大字"白桦深情"。

这是心灵手巧的古丽亲手绣的啊!

3年后的一天,我听同学说在街上见到古丽的爸爸了。我知道古丽的奶奶帕尔罕一直没有搬走,古丽肯定还在奶奶家。

"古丽——古丽——"接近小木屋,我深情地呼唤着。"汪汪汪……"回答我的是一阵狗吠。一会儿,从木屋里走出一位满头银丝的老阿帕,"尼木哩?喀孜巴郎!"(干什么?姑娘!)哦,是帕尔罕老阿帕!她不认识我了?好一阵她才说:"哦,月月!月月!"她哭了,颤巍巍的,我赶紧扶住她,一起走进木屋,木屋正面墙上一个大相框映入我的眼帘,相框里面是一个姑娘的放大照片,框边围着条褪色的红纱巾。

啊,是古丽!她曾给我寄过这张照片"阿帕!这是怎么回事?古丽呢?"我冲过去抱住阿帕。

"古丽,古丽……"老阿帕反复地念着、哽咽着,好久,好久,才道出了古丽整个遇难的经过——去年6月,古丽给几位内地来的游客当翻译,在过克兰河时,有一位游客的孩子不慎落水了,古丽想都没想,就奋不顾身地跳到水里,几经周折,孩子救了上来,但她却永远离开了这个世

界。

从此以后，每到桦林，我都要到老阿帕的身边坐一会，在这里，我仿佛都能听到古丽爽朗的笑声，她依然是那样的美丽，有着一颗善良的心灵。

我们在无声地交谈着，好像她并没有离开我一样。

幼小的心灵在呼唤

　　有好几天了,我发现高我一年级的好朋友娟子整日愁眉不展,就连平时走路也心不在焉的。经过我再三追问,她才道出实情:

　　一天,放学回家,一迈进门槛,娟子家里的气氛就不同往常:爸爸严肃地坐在沙发上,妈妈静坐在八仙桌旁,弟弟妹妹也一改往日的戏闹。正当她"丈二和尚——摸不着头脑"的时候,爸爸厉声问道:"你最近和谁来往最多?"

　　"李丽"娟子脱口而出。

　　"胡说!"爸爸火冒三丈。

　　"你和孙海是不是在谈?"妈妈把"谈"字说得特别重。

　　"啊?"娟子瞪大了眼睛,半月之前的一个下午的情景,顿时浮现在娟子脑海里——放学了,同学们陆续走出了教室,教室里仅剩下娟子和孙海。孙海在聚精会神地办黑板报,娟子在解一道数学难题。她左思右想,怎么也解不出来,气得把桌子一拍,收拾书包准备回家,因为把桌子拍得太响,惊动了孙海,当孙海得知娟子在为难题解不出而生气时,耐心地做了提示,娟子心里豁然开朗,跳着说:"太感激你了!"孙海谦虚地说:"不用谢"。……不久,同学们的风言风语,老师旁敲侧击,一时间搞得娟子抬不

起头来，谁知消息竟传到爸爸妈妈的耳朵里……

　　遇到这种倒霉的事情，娟子即使浑身都是嘴也说不清楚。于是，一头钻进被窝里痛哭起来。

　　说完了事情的前因后果，娟子姐姐哭了。我的心也碎了。为什么会这样啊？娟子姐姐没有做错什么，却会有这么多的不理解呢？

菊花赞

　　春天，园丁们在花园里撒下一把菊花种子，到了秋天，那一棵棵青翠的枝条上，都挂满了朵朵菊花，有粉红的，蓝的，白的……从这一朵朵扬着笑颜的花蕊中，散发出阵阵浓郁的花香，沁人心肺。

　　菊花不在日暖风和、群花争艳的春天开放，却迎着萧瑟的秋风独放异彩，显示出她刚毅的性格。她的花枝青翠如洗，宁折不弯；花瓣色浓欲滴。她用独特的方式，为硕果累累的秋天增添风采。

　　我国人民自古就有赏花的喜好，而菊花又每每被人称颂。唐末著名的农民起义领袖黄巢就曾赞美菊花："冲天香阵透长安"，以此来表达自己定要"满城尽带黄金甲"的志向。

　　菊花不仅能供人欣赏，而且还可以入茶。驰名中外的菊花茶色清味浓，清爽可口，别有风味，颇受人们的喜爱。菊花的用处很多，她不但可作饮料，而且还有很高的药用价值……。

　　我喜欢菊花，不单因为她美丽可爱，主要是因为她有刚毅清高、纯洁朴实的性格。她的刚毅清高，在于她开在百花凋零、秋风瑟瑟的秋天；在于她有着宁折不弯的骨

气,她的纯洁朴实;在于她色彩分明,红的单红、蓝的净蓝、白的洁白……

每当我静立菊前,细细地观赏她那高洁的风姿时,便常常联想起瞿秋白、王若飞、方志敏等血沃中华的革命先烈。他们为伟大的共产主义事业奋斗不息,面对敌人的淫威,坚强不屈,含笑赴刑场,保持了一个革命家的高尚气节。可爱的菊花莫不是由烈士们的英魂所变?

黄巢曾多次借《题菊花》以抒自己定要推翻腐朽的唐王朝的坚定决心。在这里我也借《咏菊》来表达对菊花的品格的热爱与赞美:

秋风吹开菊花园,翠枝刚直有菊酽。不显百花独具韵,赏菊之益实不浅。

初 喜

　　春节刚过，几阵春风，几滴春雨，春天的脚步便悄悄地踏进江南大地。水绿起来了，太阳红起来了，寒凝的大地苏醒过来，在春风中翻了个身。乌黑的泥土变得格外松软，像刚出炉的面包，冒着丝丝的热气；种子在土地温暖的怀抱中生根发芽，吐枝展叶；小草无声地露出了地面，"草色遥看近却无"；杨树、柳树、榆树、苹果树都争先恐后抽出了嫩绿的枝条，绽开了含苞的蓓蕾，红的像火，粉的像霞，白的像雪；鸟儿在繁花嫩叶中呼朋引伴，卖弄着婉转的歌喉。"吹面不寒杨柳风"。是的，春风像慈母的手抚摸着大地万物，带着泥土的芬芳，草的芬芳，花的芬芳，沁入人们肺腑，令人陶醉……

　　可是，在西北边陲阿勒泰市，却另有一番韵味，别有一番风情。春天的脚步儿姗姗来迟。"千里冰封，万里雪飘"，这儿仍见冰雪的世界；白的房屋，白的树木，白的街道，一切都显得那么单调；光秃秃的柳树枝条上，缀满了毛茸茸的银条儿，像一位长寿的老翁睁不开眼，抬不起头。

　　"得得——""驾驾——"

　　一队雪爬犁一个挨一个地去赶集市，像白洋淀的雁

翎队,一字地排开,鱼贯而行。拉着爬梨的马,肚子上挂着冰凌儿,伴着马蹄声,有节奏地"丁当"响着,仍在奏着冬天的交响曲。

"王老汉,去年你家的西瓜皮薄成熟早,卖了个好价钱,发大财了!"坐在后面爬梨上的乌拉孜别克说。

"啥子发大财哟,才两万冒了一点,比起你老汉家还差一截呢!"王老汉操着一口四川腔,得意地回答。

"人心不足蛇吞象啊——"

"哈哈哈哈!"王老汉豪爽地仰天大笑。

"今年有何绝招,让我这个哈萨克族老汉也沾点光呀!"

"你想刮我的油水,无可奉告。"朴实的王老汉笑得更响亮,更爽朗。

两驾爬犁并辔向前,靠得更近,更紧了。

骆峰下的阿勒泰市

骆驼峰是两个紧挨着的高大山峰，侧面看去，像是骆驼背上凸起的两个驼峰，也许是因此而得名，这次我们只登上了一峰。

山风凉爽，清新的空气中带着从远处松林里飘溢出的香味，使人心旷神怡。这时，山上已有很多人。举目四望，峰峦叠嶂。抬眼望去，仿佛阿尔泰山上的雪峰就在眼前，清晰可辨，就像哈萨克人搭起的闪着银光的毡房。仰望天空，几朵浮云正在头顶，好像只要用一根长竹竿就可以钩下来……俯视山下，城廓无余，颇有"一览众山小"的意味。

沿着两山间的一个从北到南呈弧形的盆地，星罗棋布地布满建筑物，一条大街从中间直通南北，无数小街成直角和大街相连。街上车辆行人如蚂蚁般来来往往，好不热闹！向北方远眺，急流奔腾、波浪翻滚、闪着细碎银光的克兰河从山谷中蜿蜒流出，穿过一片青绿的草地，穿过桦林公园里那片树林，来到骆驼峰下，又一转，斜穿市中心而去，给市景增添了壮观的场面。

听同伴讲，解放前，这儿只零乱地分布着一些小土屋、蒙古包，街上车马行过，立刻黄土飞扬。因地方偏僻，

交通不便,经济文化都非常落后……

　　真是今非昔比,小小山城在勤劳勇敢的各族人民的建设下,就像一位美丽的新娘光彩夺目。我衷心地祝愿:美丽的阿勒泰市更加漂亮迷人,驰名中外。

登骆驼峰

骆驼峰坐落在阿勒泰市西南诸峰之间。有人说它酷似卧着的骆驼。骆驼昂首着山顶，像等待着什么，也像憧憬着美好的未来。一到夜幕降临，小骆驼就在夜幕的映衬下，给人以神秘莫测之感。

8月的一天，晨风习习，我和表姐莹莹兴致勃勃去登骆驼山。我和表姐莹莹都喜欢冒险，我们决定不走人工修建的台阶，专门从没有人走过的地方登山。由于是第一次这样冒险登山，尽管上山没有路，刺激的冒险行动，却对我们有着极大的诱惑力。我们来到山脚下，这里绿草如茵，杨柳依依，一条小溪绕山流淌，水声潺潺，低吟浅唱，好个幽雅的所在地！

莹莹有登山的经验，她嘱咐我说："上山时要抓住草木岩石，免出危险……"我学着她的样子尾随着她上了山。山上到处砾石累累，杂草丛生，从山脚到山顶原无什么路，而且山势越往上越陡，我紧紧抓住莹莹的手，小心翼翼地向上爬着。当我们爬到半山腰时，太阳已露出红红的面庞，再看那石骆驼，正闪着灿烂金光，更显得肃穆雄伟了。

快接近山顶时，我看到许多巨石，有的像卧牛，有的像奔马，有的像展翅欲飞的苍鹰，奇形怪状，都呈着褐红

色，像被火烧过，有几处盘石上面还有深不见底的洞穴呢！我不禁高声叫绝。

当我们到达山顶时，心胸顿觉宽阔。极目远眺，只见阿勒泰山起伏如龙，峰峦叠嶂，云雾缥缈，好一片壮观景色！俯瞰山下，阿勒泰市四周被高山环抱，绿水缠绕，彩瓦高楼，鳞次栉比。在那如带的街道上，人流如蚁，车辆活似甲虫。

我和莹莹站在山顶，欢呼着、高喊着，兴奋地手舞足蹈。真是体会到了登高而望远的感觉，这种感觉让我们一直兴奋了好几天。

如今的骆驼峰上已经修建了石阶、亭子和长长的铁链，还有其他的供游人游玩休息的石桌石凳。每逢节假日登山的游人特别多，大家既锻炼了身体又欣赏了阿勒泰市全景风光。登山真是一件有意义的活动，特别是自己找路更有意思，我和表姐莹莹通过这次登山是深有体会的。亲爱的朋友，你也来试一试这种感觉吧！

四季断想

　　春,越过冷酷的栅栏,萌发活跃的精灵;

　　夏,接过春姑娘手中的接力棒,又奔跑向前;

　　秋,抑制不住满心欢喜,登上了季节的奖台,接受岁月老人的奖赏;

　　冬,一张空白的纸,一块被冷落的天地,却蕴藏着无限的生机。

话说骆驼

骆驼,在我们阿勒泰地区是常见的。

骆驼是哺乳动物。骆驼身体很高,大约在 2 米以上,背上有凸起的驼峰;它的脖子很长,这使它可以看到很远的地方。骆驼的毛皮大多是棕黄色的。它的身体虽然很高,但尾巴却不太长。

骆驼经常被人作为沙漠里的运输工具。沙漠里有水的地方是极少的。骆驼却能闻到很远的地方有没有水,所以它能帮助人们寻找水源。骆驼的腿很长,在一米五左右,腿上有一大片胼,它就是趴在被太阳晒得滚烫的沙子上,也不会被烫伤。骆驼的脚掌又宽又厚,在沙漠上行走时,脚趾分开,不会被陷进松软的沙子里去。

骆驼经常在水草丰盛的地方吃得饱饱的,喝得足足的,把一部分养料变成脂肪贮藏在驼峰里,等到缺乏食物的时候,它就用驼峰里的养料来维持生命。

沙漠辽阔无边,到处是高高低低的沙丘,人们很容易迷失方向。而骆驼却能在沙漠里给人带路。沙漠里的大风是很可怕的。大风卷着沙粒飞扬,有时会移来整个沙丘,把人和牲畜埋在里面。而骆驼却很熟悉沙漠的气候,快要刮风了,骆驼就自动跪下,人们就可预先做好准备。每逢

大风过来时，骆驼就把鼻孔紧闭起来，以免沙粒进入鼻孔。

骆驼的毛经济价值很高，用来做棉衣，又轻又暖和，驼毛还是贵重的纺织原料。

骆驼行走的速度虽然没有马快，但它能驮很多东西。很早以前，人们就利用骆驼横穿沙漠，往来于丝绸之路，直到现在，牧民们还时常用骆驼来搬家。骆驼是沙漠里的重要运输工具，所以人们把它称做"沙漠之舟"。

菜地劳动的收获

　　爷爷奶奶家有一块很大的菜园，上五年级时，它伴我度过了一个愉快的暑假。同时我也初步学会了一些种菜的技术和管理方法。

　　每种蔬菜都有不同的种植和管理的方法。譬如，栽种西红柿苗吧，人们习惯先把西红柿苗栽好以后再浇水，而奶奶是先把坑挖好，给坑里灌上水，再把苗栽上，最后上面盖一层较干的土。这样水分不易被太阳蒸发掉，以保持土壤湿润，成活率较高。如果栽好以后浇水，经过太阳暴晒，水分很容易蒸发掉，不仅不能保持土壤湿润，而且地面易结一层硬壳，不利于菜苗成活生长。有很多的菜苗都可以参考栽培西红柿的方法来种植，成活率也都很高。

　　菜苗栽好以后，每天可以分两个时间浇水，上午浇一次可以使菜苗充分吸收水分，经过一天的阳光照晒不容易使菜苗枯萎干死。下午浇水可以使晒了一天的菜苗得到充分的营养，有利于菜苗生长。

　　当辣子、茄子、西红柿等菜苗子定根以后，长出第一个分杈时可以把它打掉，这样可以使菜苗长得又壮又高，结的果实也不易压断枝干。但是，西红柿打杈与别的菜苗不同，西红柿苗每长上一个杈都得打掉。当西红柿长到五

~六个枝节时,可以把西红柿头打掉。打掉头以后,根部所吸收的养料大部分都供应给西红柿,这样可以促使西红柿结得大,红得快;不打掉头,西红柿结得小,熟得慢。

给菜苗施肥,肥料和菜苗根要保持适当距离。草木灰是一种很好的肥料,人人皆知,它可以让菜苗枝干长得壮实,并且不易倒。那么草木灰为什么没有肥效呢?爷爷说是因为草木灰里含有碳酸钾,碳酸钾能促使枝干粗壮果实大,但是草木灰遇水或受潮后,其中的碳酸钾就很容易分解,所以就失去肥效。由此看来,草木灰作肥料就很不稳定,只有把烧好的草木灰恰当使用才有肥效。

劳动有时使人腰酸腿痛,但是当你看到紫色的茄子、又嫩又长的黄瓜、红里透亮的西红柿、又细又长的豆角、郁郁葱葱的韭菜、青里透明的辣子、又大又圆的南瓜时,谁能不从心眼里感到快乐呢?

劝君莫打鸟

鸟是人类的益友,它对人类的作用是巨大的。我们应该保护它,更应该禁止打鸟。

那么,鸟究竟有什么作用呢?

远古时代,鸟与人们的关系就十分密切。相传,凤凰是鸟中之王,曾被人们作为崇拜的图腾;人们根据鸿雁的迁徙现象,让鸿雁带信,故有"鸿雁传书"之说;鸟还被用来打猎——驯好的鹰是猎人的得力助手;鸟的羽毛被用来制笔和制做毛裙。

在现代,鸟与人们的关系就更为密切了,在许多行业中,鸟具有举足轻重的地位:在农业方面,鸟的作用是不可忽视的:鸟能够捕捉害虫,鸟粪能做肥料……很难想象,如果没有鸟,庄稼的生长是怎样的;鸟在生态平衡方面的作用更是不可低估,如果没有鸟的存在,那么害虫猖狂起来,就会造成农作物大量减产和树木大批死亡。有一种稀有植物,因种籽外壳坚硬而无法发芽生长,必须经过鸟吞食消化后,磨碎种籽的外壳,随鸟粪排出才能在土里萌发。除此之外,在其他行业中鸟也是发挥着巨大的作用:战斗中利用军鸽传递情报;医学上,鸟肉是难得的药引,天麻与鸽肉一起炖食,可治眩晕、头痛等病症,有的鸟类、鸟巢被用做

药物治病；鸟还可以供人消遣，在早晨或黄昏，常见老人们托着鸟笼悠哉悠哉……

鸟在现代与人的活动息息相关，那么在将来呢？就拿它在仿生学中的作用吧：如果人们根据鹰眼的构造制出"电子鹰眼"，那么就可以控制远程激光导制武器的发射，使其能够百发百中在保卫国防中发挥重大作用，鸟类的研究对未来科技的发展必会产生深远的影响。鸟类将在人类发展中发挥越来越大的作用。若在鸟类繁殖季节，打死一只雌鸟，就会有几只或十几只小鸟死去，这对人类的损失就更大了，"劝君莫打三春鸟，子在巢中盼母归"。

朋友，在你知道了鸟的这些知识以后，我相信你一定不会再打鸟了吧？

春之声

星期日在家里闲着无事，便想起应该到野外欣赏一下春天的景色，于是信步走出家门。

此时正是中午，但并不很热。和煦的暖风吹拂着脸颊。一路上踏着绿油油的小草，一会儿走小道，一会儿走林间，不知不觉来到了我们的乐园——绿色草坪。一棵棵大柳树挥舞着绿色的手臂，向我展示着鲜嫩的早绿；一块块草坪像一张张绿色的地毯，向我们展示出温柔的胸怀。啊！往事依依。

在这块草坪上，伙伴们曾经在这里踢足球、摔跤、捉迷藏、打雪仗做游戏……直到玩得很晚才回家。童年的快乐仿佛就在眼前。

"莫笑农家腊酒浑，丰年留客足鸡豚……"一个细细的极不标准的童音传来，打断了我的思索。我有些懊恼，回头一看，一位年轻的母亲，领着一个四五岁的小男孩，手里提着复读机，站在我身后，听着小男孩娇嫩的背诗声，我的兴趣大增，于是我蹲下身说道："真聪明，再背一首给我听听。"年轻的母亲笑着对我说："他很喜欢诗，我读诗时他就在一旁听，我就教他。他虽小，但不能误了他的志趣……"

　　她领着男孩在一棵树旁坐下来,打开复读机。一阵悦耳的音乐传来,我浑身猛地一震:啊,《春之声》!

　　我看到小男孩可爱的笑脸,求知的目光,耳旁又响起了嫩嫩的童音。

　　那边,传来母子欢快的嬉闹声,和着复读机中的旋律,构成了一组美的交响乐。

　　"横看成岭侧成峰,远近高低各不同……"

　　我久久伫立着,默默地祝愿小男孩:愿你在新的时代里,用自己的手,来谱写一首更完善的《春之声》吧。

我已长大了

　　我已经 13 岁了，可在爸爸妈妈的眼里还是个小孩子。

　　去年放暑假，我和爸爸到团场奶奶家。爸爸在菜园里干活，我慢慢打开菜园的栅栏门，小心翼翼地走到爸爸身边说："爸爸，你休息一会儿，我来帮你干一会儿吧！"我边说边夺过爸爸手里的工具。"哎！你怎么进来的？"爸爸吃惊地看了我一眼，急忙说："不行，你还小，等你长大了，我再教你干。快出去吧，看书去！"此时此刻，我真想大声疾呼：爸爸，我已经长大了！

　　在家里，像洗碗、擦桌子之类的劳动，妈妈从来不让我靠近，理由是：我还小。一个星期天的下午，我看到洗衣机里泡了满满一盆脏衣服，趁妈妈不在家，我偷偷打开洗衣机洗。谁知一件还没洗完，上街的妈妈就回来了，她让我一边去，自己动手洗起来，边洗边说："死丫头，谁稀罕你洗衣服，快去读书去！"我委屈得眼泪夺眶而出，真想大声疾呼：妈妈，我已经长大了！

　　我家住在三楼，一年四季除了在学校上课，就是在这90 多平方的小空间，从家里到学校，从学校到家里，从没出过远门。

　　暑假的一天,有几位同学约我到郊区玩,我欣然答应了。头天晚上,我大着胆子同爸爸妈妈商量,无奈爸爸妈妈异口同声地说:"你们几个孩子那么小,不能出远门,要想玩也得大人陪着啊!"我难受极了,闷在心里的话一下子迸发出来:"爸爸、妈妈,我已经长大了!"

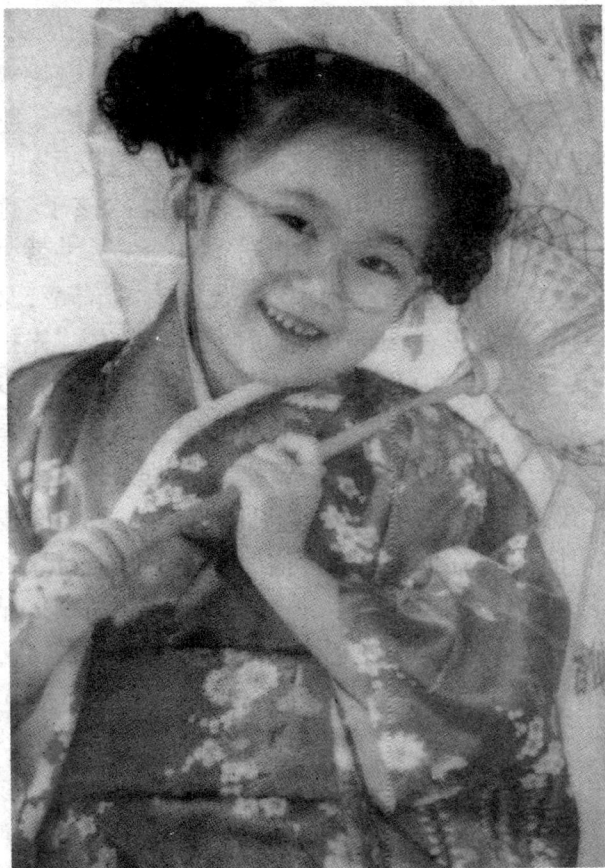

包饺子

今天,是大年三十的晚上,外面时时传来鞭炮声和小孩子们的欢笑声。妈妈高兴地说:"我们来包饺子吃吧!"

一会儿,妈妈就开始包饺子,我不会包饺子,只好站在旁边默默地看着妈妈包。这时,妈妈说:"孩子,你还不会包饺子,来,妈妈教你.。"我十分高兴,洗了手就来到妈妈旁边,妈妈先包了一个让我看,我没有看清楚,又让妈妈包了一个, 妈妈一边放慢速度包着一边说:"先把馅放在面皮里,要放在中间,也要放得适量才行,馅放少了会不好吃,放多了又包不上,即使勉强包上了,下锅煮的时候也会烂掉。你看,放好馅后就把皮紧捏到一起。"

"这么简单呀。"我一边说一边拿起了一个面皮准备包。我先把馅放在面皮中间,这时两手竟哆嗦起来,一会儿往里添点馅,又显得多了,一会儿去掉点馅,又显得太少了,最后总算把馅放好了,我先把中间捏好以后,两边竟不知道从哪下手了, 只好顺着面皮的边捏。等包好一看,哎呀,怎么成这个样子了?饺子又扁有长,根本就站不住,只好让它躺着。我看着这个饺子,心里又好气又好笑。我当时真没有想到包饺子也这么难,我沮丧地又拿了一个面皮,看了妈妈一眼,又试着包起来,这次我把馅放好

后，又捏紧了中间，包两边时，我仍不知怎么做，刚捏死左边，馅都从右边冒了出来，右边就根本没法捏，包的和上次一样又扁有长。一气之下，我就把那个包坏的饺子扔在桌子上，一屁股坐在床上，不想再包了。妈妈又笑着说："谁干活都是从不会到会的，得一步一步地来，遇到点挫折哪能像你这样甩下不干呢？"

在妈妈的劝说下，我又试着包了一个，这个饺子比上两个好多了，但是还不理想，接着我又包了几个，越包越好。我兴奋地叫着："我学会包饺子了！"

吃饭的时候，我找到了我包的饺子，把它吃了，我觉得这次吃得比哪一次都香，因为这是我自己的劳动果实啊！

从这次包饺子中，我悟出了一个道理：干什么都不能没有信心，只有勤学苦练，才能达到成功的目的。

一元钱

喧闹的菜市,堆放着各种各样的蔬菜,川流不息的顾客争相购买。

"萝卜,萝卜,又鲜又嫩,2块钱1斤,快来买呀——"叫卖的是一个中年妇女,一身蓝套装,卷着袖子和裤腿,黑红的脸庞淌着汗水。

"喂,卖菜的,这萝卜多少钱1斤?"问价的是一个穿着时髦的妇女,黑金丝绒旗袍,化过妆的脸,宝石项链金耳环,黑皮鞋后跟足有五寸高,走起路来"笃笃"有声。

"2块钱,你看这萝卜多好,要几斤?"

"啧啧啧,这么贵! 你们这些乡巴佬就会诈我们的钱。"

"你是城里人,不知道俺们乡下人的难处……"

"行了,行了,来4斤。"

"哎!"她利索地称好萝卜,接过钱。"2块钱1斤,4斤1共8元钱,你才给7元,少1元钱。"

"什么? 我怎么会少给你1块钱呢? 我稀罕这1元钱?""城里人"仿佛被针刺了一下,脚一跺,嗓门提高了八度。

"你是少给了1元钱!"

"土包子，瞧你那傻样，你以为老娘不会算账，会少你1元钱？""城里人"蛮横无理地说。

"你怎么骂人？钱不给够还骂人，这不是欺负人吗？"乡下人眼里含着泪，委屈地说。

"告诉你，钱，老娘多的是，就是不给你，有本事你告我去。"她还想继续骂，却见看热闹的围上来，便提着菜篮走了，还朝后丢下句砸人的话："哼！穷酸样。"

前面是清脆的"笃笃"声，后面是低低的抽泣声。

她不想卖了，准备收拾一下回家。突然她看到菜摊边放着一个皮包，她心里一惊，打开一看，里面装着好厚一摞子钱。

"这是谁的？……对！一定是她的。"她脸上露出了笑容，一种报复心理顿时涌上心头，"活该，报应！占小便宜吃大亏。"正当她准备把钱包往自己兜里装时，手不知不觉停了下来。"不！她缺德，我可不能缺德，哎！俺们人穷志不能短。还是还给她吧！"她自语道。

她快步追上去，那"城里人"还在慢悠悠地走着。

"喂！你等一等！"

那"城里人"回过头，瞪着这气喘吁吁的"土包子"说："咋哩？还要那1元钱？"

"不，不是的，这是你的钱包吗？"

"城里人"看了一眼她递上来的钱包，然后一把夺过来，边看边说："这、这……是我的，是我的！你怎么拿走的？"她又看了"土包子"一眼，不相信地说："真是你捡的？太谢谢你了，这是我1个月的工资呀！"她掏出一张"大团结"递给那个乡下人："这点钱算是我的一点谢意吧！"

"我给你送钱包，不是图报酬，收起来吧！"

"咳咳，你心眼真好，可是，这是我的一点心意，你就收下吧！"

"如果你一定要给，就给 1 元钱吧！那是我应该得的。"

"……"

"城里人"付了 1 元钱。二人相对一笑，各奔东西了。

咏雪花

　　我爱春天那姹紫嫣红的野花，我爱夏天那高风亮节的荷花，我爱秋天那芬芳四溢的菊花，然而，我更爱冬天那默默无闻的雪花。

　　北国的冬天，千里冰封，万里雪飘。冬晨，我总爱在雪地里漫步，脚踏皑皑白雪，极目远望，白雪朝阳，相映生辉，五彩缤纷，分外妖娆，令人陶醉，引人遐想。

　　啊，雪花！花市上不见你的风姿，盆景中没有你的情影，你不向人们索取什么，却向人们做出了巨大的贡献——当百花凋谢的时候，你悄然而降，给害虫以致命的打击，给大地以无限的温情。当春回大地的时候，你又将躯体溶化，滋润着高山、原野，浇灌着禾苗、菜秧……你使万物充满生机，你使世界如锦似画，你的品格无比高尚，你的精神无比伟大！

　　啊！雪花，看到你，我不由得想起那些为中华民族的解放事业而英勇献身的烈士们……

登将军山有感

　　将军山位于阿勒泰市区的东南面，因酷似一位睡着的将军而得名。它虽没有公园那么柔美、幽雅，却也雄伟壮观。作为阿勒泰人谁不喜欢登将军山呢？

　　夏季的一个星期天，吃罢早饭，爸爸妈妈带着我去将军山。我背了个旅行包，带着点心、水果、汽水和笔记本。妈妈还特意准备了一部好相机，说是随时为我们拍照呢。

　　我们说说笑笑从将军山的西面，沿崎岖的盘山小道，弯着腰一步一步地向上登攀，走了一二百米就累得气喘吁吁了。我们在一块大石头上坐了下来，一坐下便不约而同地打开汽水咕噜咕噜地喝了起来。喝罢汽水，迎着习习的山风，一边擦汗，一边赞叹："登山真痛快！"谁知机灵的妈妈，早把我喝汽水的滑稽相收进了镜头。

　　我们走走、停停，停停、走走，遇到陡峭的山岗，就互相搀扶着攀缘，半个多小时光景，我们终于登上了顶峰。虽然很累，但我还是情不自禁地欢呼着，跳跃着……"咔嚓"……妈妈又把我胜利后的喜悦形象收入了镜头。我们小憩过后，凭高俯瞰，山城美景，尽收眼底：幢幢楼房，鳞次栉比；条条街道，纵横交织；辆辆小车，南来北往；片片园林，蓊蓊郁郁……波光闪闪的克兰河像一条银蛇，摇头

摆尾地穿城而过，河水丽日，相映生辉，为美丽的山城平添几份神秘的色彩。悬崖峭壁的半腰，成群的小鸟为繁衍后代而忙着筑巢建窝……此时此刻，令人心旷神怡，仿佛置身于云端，有一种飘飘欲仙之感。

爸爸好像看透了我的心思，笑嘻嘻地问："怎么样？登山有趣吗？"我高声回答："太有趣了！"妈妈满意地一笑，一字一顿地说："古人云：'不登高山，不知天之高也；不临深溪，不知地之厚也。'写作也是如此，不深入生活，不扩大视野，就写不出意蕴深邃、情真意切的文章来……"意味深长的话语，启开了我遐想的心扉，于是，我掏出了笔记本……

吃过点心、水果，爸爸妈妈说我们由将军山东面绕道返回。我拍手表示赞同。下了顶峰，有一条曲径，虽不算宽阔，倒也平坦。我和爸爸一口气儿越过一个山坡，在山坡下的草坪里半躺着等待慢慢走过来的妈妈。妈妈看到我和爸爸得意洋洋的神态，慢条斯理地说："记得南宋著名诗人杨万里有这么几句脍炙人口的诗：'莫言下岭便无难，赚得行人错喜欢，正入万山圈子里，一山放过一山拦。'女儿，快点站起来走吧！"此时，我抬头一看，面前是座座山峰，调皮地说："妈妈真不愧当过教师又当过记者的人，领我登山也跟教我作文一样，经过精心的'布局谋篇'，一篇作文就在脑海里形成了。"我们欢笑着，跳跃着往山下走去。山谷里扬起一阵又一阵爽朗的笑声。

我们上山——下山，下山——又上山，最后下山，每次都要花费半个多小时的工夫。回视走过的路，咀嚼爸爸妈妈的话，我愉快又舒心地笑了。

姥 姥

"姥姥,姥姥。"

我是喊着这句话长大的。从 3 岁开始,姥姥就精心抚育着我。3 岁以前,我体弱多病,营养跟不上,大病生了好几场,这可把妈妈操心坏了。

为了能让我得到更好的照顾,妈妈把我送回了老家姥姥的身边,其实这样也让妈妈轻松了不少,能够一心地工作。

自从我跟着姥姥生活以后,身体渐渐地好了起来,也越长越胖了。因为小,我很快就把爸爸妈妈的印象忘得差不多了,留在我的记忆中只是一张张模糊的脸。这时候,我认为姥姥是世上最亲的亲人。

随着日子一天天地过去,我在老家已经待了 4 个年头,我也到了该上小学的年龄,我也在妈妈的要求下来到了新疆,在阿勒泰读书上学。在这一期间,姥姥依然照顾我,别人都说我很幸福,可我却毫不觉得,直到我到乌鲁木齐上中学,我才真正地体会到有姥姥在身边多么幸福啊!虽然在老师家住得很好,而且两位老师也对我很好,但我还是怀念与姥姥相处的日日夜夜,姥姥孜孜不倦的

教导时常回响在我的耳边。

　　我还记得姥姥每天早上在我上学之前说的话："好好学！"我也轻轻地答应一声："知道了。"这样的回答不知有过多少次，我知道这是姥姥对我学习上的关心。可自从看了《大宅门》后，我觉得姥姥和电视剧中那个老婆婆一样，都希望自己的孙儿有文化，可是更多的是对后辈的爱。

　　现在，我到了乌鲁木齐来上学。听妈妈说，姥姥为了这件事，几个晚上都睡不着觉，而且还和妈妈闹别扭，影响了她们正常的生活规律。妈妈为了改变这一状况，利用开会的机会，把姥姥从阿勒泰接到乌鲁木齐住几天，让她看看我在老师家生活得怎么样，适应不适应，身体怎么样……结果，姥姥觉得我在老师家生活得还不错，便放下心来，回到阿勒泰以后，每天晚上也能睡着觉了，生活规律又恢复了正常。

　　在我看来，姥姥对我的爱更多于妈妈对我的爱。姥姥的养育之恩是我永远报答不了的。我知道，只有更加勤奋地学习，立志报效祖国，这就是对姥姥关爱的最好回报。

我错怪了姐姐

去年暑假里,一天上午,爸爸让我和姐姐到商店里买几块纤维板做家具用。买完纤维板还剩下 10 元钱。我与姐姐商量说:"姐姐,我好渴,买个西瓜吃,好吗?"姐姐说:"西瓜刚下来,太贵,买一个得 8 块多钱,买瓶矿泉水吧,凉甜解渴!"姐姐掏出 3 元钱买了一瓶矿泉水向我递来。我一把夺过矿泉水,脖子一仰,咕噜咕噜一饮而尽。姐姐看着我的怪模样,忍不住笑,问我:"解渴不?"我一边擦嘴,一边没好气地回答:"解渴!解渴!小气鬼!"

正当我们要走的时候,忽听一位顾客叔叔说:"坏事啦!还缺 3 块钱,怎么办?"顾客叔叔向售货员做了自我介绍,他是离这里 20 多公里的阿克恰巴村的菜农,种的菜生了虫子,急等喷洒农药。他一边说,一边抹下手表:"这样吧,同志!我把农药先取走,手表留下作抵押,过几天我送钱来取表,可以吗?"

售货员无可奈何地摇了摇头。

姐姐看了那位素不相识的顾客叔叔为难的样子,径直走到他跟前说:"叔叔,您把农药取走吧。3 块钱我先给您垫着!"顾客叔叔感激地说:"那太感谢你啦!姑娘,你叫什么名字?家住哪?"

　　姐姐报之以不好意思的一笑，顾客叔叔上下打量了我们一番，好像突然发现了我们胸前闪闪发光的校徽，笑着点了点头说："好，再见！"

　　"楞什么？还不走！"姐姐的话打断了我的思绪。我抬头看看姐姐，不觉羞愧起来，自言自语地说："姐姐做好事是对的，刚才我错怪了姐姐，其实她并不小气！"

YANGGUANG SHAONIAN

113

我的同桌

谢天谢地！他终于抬起了头,递过了纸片,上面清清楚楚写着题目的详细解法。她感激地说道:"谢谢你。""不用谢。"他微微笑了一下,看得出,他的目光是无奈的,疑惑的,也是坦率的。

平时她也总是向他问题的,然而,现在她却是在考场上向他问题啊！当她惴惴不安地问他"第九题怎么做"的一刹那,她感觉到自己的脸刷地红了,不安掠过心头。但她随即就镇定了,自我安慰着:我以后再不这样做了。可是,当他锐利的目光射来时,她仅有的一点勇气溃散了,她完全慌乱起来:我这是怎么了？这可是极不诚实的行为。但是,随即她又想,这可是重要的考试啊！我要是考不好,那该多丢人啊！还是虚荣心占了上风:"就问这一次,行吗？"她小心翼翼地打开了他递过来的纸条——第九题的解法,开始抄起来。

"哎！"猛听一声叹息,她扭头一看,她的同桌——他,正在那里一会儿划几下,一会儿又抱住了头,看那样子一定有道题没做出来。她用余光扫了一下,是第十一题。她早就做出来了,应该给他讲。于是,她同样用一张纸条写上这道题的解法扔了过去。"这是第十一题。"她小声道。

没想到,他诧异的脸一下子变得严肃了,好像根本没有看到纸条,正眼都没瞧一下,就毫不犹豫地交上卷子走了。

泪,在她的眼眶里打转,她真想不通,难道好心给他讲题也错了?真是好心不得好报,她又羞又气。

时间,一分一分地过去了。"还有 10 分钟。"老师的话像盆凉水一下子使她纷乱的神智清醒了。她的眼前又浮现出一道锐利的目光,她的心猛地一震:"我这样做究竟是为了什么呢?难道为了分数就可以不择手段吗?和同桌相比,我是多么渺小啊!虽然他的成绩并不突出,但他却保持了诚实的美德。而我……"

看看只做了一半的第九题,再看一眼考场上聚精会神的同学们,镇定的神色重新回到她的脸上,她终于下定决心抬起头,把卷子交到黑板前,迈着坚定的步伐走出了考场。

我的亲密室友

自从来到乌鲁木齐上学，寄居在教师家，好玩的事没少发生，当然，有不少是归功于我的室友——安凯。

跟我一样，安凯也来自遥远的阿勒泰，出于这个原因，我跟他更加亲密一些。安凯留着一头浓密黝黑的寸发，一双挺大的眼睛透出调皮的神情，说话的声音总是很酷，性格虽然有点倔强，但学习却蛮好。

记得有一次，我们在老师家里看赵本山的小品《卖拐》，我们立刻被他的表演吸引住了，老师连着叫了我们好几次吃饭，最后把电视关上了我们才坐在餐桌。吃饭时，我和安凯就学着小品里范伟的样子，一瘸一拐地在房子里走来走去，还不停地说："哎呀，哎呀，我的腿咋还真忽悠瘸了"。结果在吃饭时，害得大家差点喷饭。

还有一次，我们两人商量了一下，决定打架锻炼身体。于是我们的寝室便一塌糊涂成了战斗的阵地，我们使用了拳打脚踢，床单、被子等用品都成了战争的武器。结果是不一会儿，整个房间乱七八糟，一片狼藉，我们俩也"锻炼"得满头大汗气喘吁吁。

最后的结果是老师来了，在惊愕之后，用愤怒的语言狠狠地训斥了我们。在老师的监督下，我们又疲惫不堪地

恢复了房间的原来面貌。

　　当然,这样的趣事还有很多,我也不便一一细说,有机会见了面,咱们好好再唠嗑吧。

看冬季捕鱼

　　真没有想到,回到阿勒泰的第二天,竟有幸有一个到布伦托海上看冬季渔民捕鱼机会,真是难得啊!

　　冬天的湖面上天气很冷,快零下 30 度的气温,不但让湖面上的水冻成很厚的冰层,还让我们这些观看的人冻得拿不出手来。即使是这样,来这里观看的人仍然是兴致高涨、人山人海、不亦乐乎的。

　　布伦托海是一个很有名气的淡水湖,据说是全国十大淡水湖之一。这里不但有着丰富的水产资源,而且有着别的地方所没有的美丽的自然风光。近几年来,随着旅游业的发展,春夏来这里的人很多,他们无不被这里的风光所吸引,乘兴而来,吃一顿丰盛的鱼宴,遨游于清澈的水中,听海鸥水鸟在身边咕咕噜、咕咕噜的叫声,使人流连忘返。今年的冬季,又增添了新的项目,开展了冬季旅游活动,冰上捕鱼就是其中的一个新的项目。

　　我很少见过这样的场面,只见湖心的冰面上,一个个被凿出的水洞蜿蜒相连,像一串一眼望不到边的巨大珍珠项链,每个水洞约 1 米的直径,清澈的湖水咕噜咕噜地冒着热气,渔民们一字排开,也一眼望不到边。

　　起网的时候到了,一声号令之后,只见渔民们用力地

拉着冰面下撒开的大网，用力地喊着口号，脚蹬冰面上的雪坑，向后仰着，把网使劲地向后拉着。听说这是一张5000米长的大网。我们一行来到冰洞旁边，喊叫着，拍着巴掌为他们助兴，并焦急地等待着大网的出水。

只见网一寸寸地向上拉着，不知过了多长时间，第一条鱼被打了上来，好大的鱼呀！我们惊奇地大叫着，大人们围着拉鱼的人和打出的鱼紧张地拍照，我们小孩子就把打上来的小鱼一条条地放回水里。我也和别的小朋友一起，捧着滑溜溜的小鱼，找了一个冰洞，把鱼放回水底。

　　不知不觉间,网已经拉到头了。渔民们正在做最后的工作,他们走到冰洞边,领头的渔民手拿鱼叉,等着大鱼浮出水面。只见一大片活蹦乱跳的鱼被捞出来水面,这些鱼"扑腾"着弄得雪花四溅,被渔民们叉住后拿到了一边。这些鱼真多、真大呀!一般都在五六公斤以上,一字排开,竟然铺满了整个冰面。

　　我还是第一次亲眼看到这样的场面,也是第一次看到这么多、这么大的鱼。就是在乌鲁木齐的市场里,我也很少见过这么多、这么大的鱼。我抱着一条胖胖的大鲤鱼,拉着妈妈照了一张我最想留下的相片,照片上的妈妈也仿佛被我所打动,张着嘴大声地笑着。

　　在海面美丽的夕阳中,我们离开了布伦托海,但这次现场捕鱼的经历却深深地留在了我的记忆里。

光彩夺目的春天

春天到了，大自然又充满了生机和活力。

太阳笑了，发出灿烂的光芒，几朵洁白的祥云在天空中漫步。美丽的森林里，小草探出了可爱的小脑袋，相互之间嘻嘻哈哈地打着招呼；花儿也绽开了水晶一样的蓓蕾，昂首挺胸，尽情地享受着大自然的乐趣；树公公也乐呵呵地抹着胡子，伸出了一粒粒娇嫩的新芽。

小动物们在林间嬉戏、玩耍，鱼儿自由自在地在小河中游来游去，好不快活呀。小鸟在天空叽叽喳喳地歌唱着，好像在说"春天来了，春天来了"。看，那几只美丽的蝴蝶在花丛中飞舞，犹如一位舞姿优美的姑娘，忙碌的小蜜蜂们扇动着透明的小翅膀，在花间默默无闻地传播着花粉，它们嗡嗡地歌唱着，好像一位快乐的音乐家。

春天使我们的大自然更美了，我想：这个美丽的世界难道不被我们所留恋吗？

我爱大自然，其实我最爱的，就是带着一身光芒的春天！

一件让我最后悔的事

　　我以前的一只非常可爱的小狗，它全身都是白色的长长绒毛，一双乌黑的眼睛发出明亮的光泽，它常用好奇的眼光望着我，我非常喜欢它。

　　可是，发生了一件事让小狗离开了我。

　　记得是前年春节的前两天，那天，天气很冷，我们全家都沉浸在节日前欢乐的气氛中。正好那天晚上，爸爸和舅舅要从乌鲁木齐回来，于是我更高兴了，晚上 10 点多，我抱着小狗到楼下等他们，阿勒泰的天气真的很冷，尤其是春节前，往往快零下 40 度。我们就在严寒中等了起来。

　　过了一会儿，他们来了，我和他们还有小狗一起回到暖洋洋的家里。当天晚上我们都很高兴，第二天和以后的几天，我们过年、放鞭炮、放礼花，那股高兴劲就别提了。可是春节第二天，我觉得小狗有些异常，它没有以前那么活泼了，食物也吃得特别少，到底怎么了呢？但是第二天我要和爸爸到布尔津看奶奶，也真的没有太在意。

　　在布尔津住了两天后，我急忙回到了阿勒泰，一进家门，小狗没有来迎接我，我忙问妈妈，妈妈告诉我说："小狗得重感冒了，正在治疗，等治好了，就还给阿姨"。因为这条小狗是妈妈以前同事家养的，看着我非常寂寞，妈妈

就借回来给我做伴，谁知一玩就是 8 个月，我已和小狗结下了深厚感情。

顿时，我犹如晴天霹雳，心情一直不好。从那以后我才知道：要爱护小动物，不要强迫它们干自己不愿意、不想做的事。我们要多从动物的角度和立场想一想，如果还让我养狗，我一定非常地爱护它们。

因为它们与我们人类一样，也有自己的想法和感情。

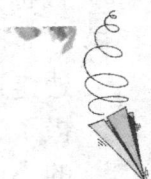

我登上了泰山

今年春节,我去了素有"五岳之尊"之称的泰山。从车站出发坐了十几分钟的车,就到了泰山的脚下。难怪它要被称为五岳之首,抬头望去,根本就看不到山顶。

刚开始,我登得很快,心想:登泰山原来并不累呀。我边走边欣赏着一路上的泰山美景。这里的景色真的美丽极了,路上有未开的花蕾,还有才探出小脑袋、东张西望的小草。蜿蜒的山路上,一路上都有各个朝代的名人题词,端庄典雅的书法、旷达传世的内容,让人肃穆。一路欣赏着,不知不觉间,我就觉得有点累了,慢慢地就有点不想走了。看着离山顶还有那么高,我真想坐着不动了。可是,我看到有许多人正在坚持不懈地往上爬,其中还有许多头发花白的老爷爷和老奶奶,尽管他们年岁已高,却毫不畏惧地向上攀登着。

坐在路边的石阶上,看着他们,我觉得自己有些丢人,脸一下子红了。于是我放慢了速度,走一阵休息一会,转眼就到了下午,望着背后长长的道路,用了将近4个小时,我们离泰山之顶只有几步之遥了。我一口气爬上了山顶。站在泰山的峰巅,真是高兴极了。

通过这次"艰难"的爬山活动,使我懂得了一个道理:

世界上有许多的人正在为了自己的目标而不断地努力着,我们不能是最好的,但我要努力做到最好的。山外青山楼外楼,许多人要比我们优秀得多。不论是学习还是做事情,只要努力去做一件事,就一定会有成功的机会。一个人做什么事情都是先苦后甜,等你尝到成功的喜悦时,你会为过去的奋斗而感到欣慰。

当然,在山顶我欣赏了泰山的云雾和雄伟,它所给予我的感受,可以说就是对我人生的教育。我在依依不舍之中,更感受到大自然的伟大。

有些时候,人生也是从平凡一步一步到达伟大,关键要在前进的过程,始终坚持住自己的信念与理想。

理想从这里开始

我国的汽车工业正在发展,无论是外形、性能、内饰、材料,都有了一个很大的进步。但是,在满大街流动的汽车里,我国的汽车制造技术和材料,有许多仍是由国外引进和进口的。我想问:"我国到底什么时候,能生产出百分之百、自己的国产汽车呢？"

有人可能有远大的理想,有人可能不把自己的理想告诉别人,但我要告诉大家的是,我的理想是要发明真正的百分之百的国产汽车。

汽车的内部很复杂,说不定会让人绞尽脑汁才能想出具有特色的方案,而且还需要许多制造业的支持。比如说挡风玻璃吧,每一种车,它的挡风玻璃的尺寸都不一样,设计出一种车,要把它的长、宽、高、厚度全部测量出来,并计算出速度与强度的允许范围,与阳光的折射对驾驶人员的视力影响等等,然后才能交给玻璃制造厂进行生产。而目前我们的汽车行业并不具备全部实现自主化生产的能力,在技术与材料方面还要依靠外国,况且中国人在大胆创新方面,想象力的局限性都很大,并没有得到充分的发挥。

这也许就是我的理想吧,我挺喜欢外国车舒畅的流

线型,这是力学的研究对象;我喜欢外国车稳定的性能,这需要动力学和对制造技术的全面掌握。

其实我挺想办一个属于自己的汽车制造厂,我会从设计、生产、知识产权方面,完整地生产出中国的汽车,并看准国际市场,把中国的车销售到全球的各个地方。

也许,这就是我的理想了。

棋 友

暑假，我随父母回团场爷爷奶奶家探亲。在行驶的班车上，我认识了一个和我一般大的团场孩子，他名叫小东。胖墩墩的，身穿一件蛮整齐、蛮干净的土布褂，脚踏一双挺合脚、挺结实的土布鞋。他的眼睛一只单眼皮，一只是双眼皮，朝着你眨巴几下，准会惹你发笑。我原想他只上小学二三年级呢，从他说话中得知他已经在连队上四年级了，于是我问道："你的学习成绩好吗？"他没有应声，却从贴身口袋里小心翼翼地、用两个手指捏出一张折得四四方方的纸片，双手捧给我。我一看，原来是成绩通知单，上面写着：语文 80 分、数学 85 分。成绩不算太好。

小东看我一直盯着成绩单，脸红了，他嗫嚅着："俺……俺考得不好，姐姐别笑话。是由于俺……，俺，俺以后一定要赶上去！"从说话的口气和神态来看，似乎有什么难言之隐。当时我并没有在意。

"你有什么好玩的东西吗？咱俩玩玩。"我抬起头来，看到小东正眨着那一只单、一只双眼皮的眼睛，调皮地问我呢。刚才那个羞涩劲儿，早不见了。

"有！"我边说边从提包里拿出一副棋来，"咱们下棋吧。"小东当即表示赞同，并高兴地说："俺，不，我最喜欢

下棋了。"嗯？他的话,怎么这样蹩脚?

说起下棋,料想这个貌不出众的小矮个农村娃娃是不会下过我的。果然,我旗开得胜,首战告捷。

原来我拿出的棋是"飞行棋",他没有玩过,一看就是不会下的样子,不一会功夫,我就把他收拾得举手宣告投降了。不一会儿,他从自己大大的花布书包里,也拿出一副棋来要和我下,是一副中国象棋,我一看就乐了,象棋可是我最拿手的,我有时都可以赢我爸爸呢!他想在这方面见个高低、捞点便宜是徒劳的。

真是人不可貌相,海水不可斗量。小东的棋法新颖,一反娃娃下棋的幼稚,另辟蹊径,别具一格,显得十分老练。他一会儿来个声东击西,连抽我一个车和一个马,一会儿他又舍卒诱车,牵制我的主力,然后双马并跳,将我的老师致于死地。而我那被骗到"千里之外"的车,却无力回救。

第一盘,我输了,接着第二盘、第三盘,我都输了,他胜利了,却说我让他,扯着我的袖子,一定要我拿出真本事与他决一雌雄。我满脸羞惭地说:"我确实下不过你。"说完,我几乎抬不起头来。

低着头,我一下看见了桌子上的成绩单,想起小东吞吞吐吐的样子,连忙扯开话题问道:"小东,你的成绩不太理想,可能跟下棋有关系吧?"

小东脸"刷"地红了,像个大红苹果。他腼腆地说:"俺刚从老家来2年多,爹妈说我年龄大了,就直接从二年级第二学期开始上课的,落了许多功课……"说到这里,他抬起那双充满稚气的眼睛,羞涩地扫了我一眼,又垂下眼

皮说:"不懂的问题,还有拼音,我就问叔叔,问阿姨,还有前院的小虎子。

听完他的话,我觉得他那一只单眼皮、一只双眼皮是那么真诚,他那蹩口普通话,听来也格外舒畅。

我们就这样玩了一路,在小东临下车前,我将我的"飞行棋"送给了他,留做纪念。他也要把象棋送给我,我执意不肯收,他就把他从家里带来的鸡蛋塞给了我2个。下车后,小东坐上发往另一个连队的车,他在车上向我喊着什么。由于人声嘈杂,我只听到他喊:"我一定要学会普通话,再见!"

我坐上了驰向爷爷奶奶连队的车,当我探出头来,再次向小东告别时,只见他一只单眼皮、一只双眼皮的眼睛里,充满了依恋之情。

秋　景

金秋十月，阳光灿烂。伴随着和谐而凉爽的秋风，我们来到了额尔齐斯河谷。

从车上一下来，我首先看到的是远处生长着的杨树，如今已是金黄的树叶挂满了枝头，秋风拂来，远远听去，是一片欢乐的窃窃私语声。

当我走进这个金黄色的世界里，我仿佛走进了一个童话的故事。许多树干拥挤在一起，团结得就像一个庞大的家庭；聚集在一起的叶子，遮蔽了万里无云的天空，秋风一过，满地落叶纷纷扬扬，给大地镀上了一层金黄的色彩。走在天然生长的杨树林里，我的脚踩出了"咯吱咯吱"的音乐，西斜的太阳把温暖的阳光洒落下来，给这片远离人间的世界增添了几份神秘的感觉。

在这片杨树林的旁边，有一个小湖，几只洁白的仙鹤在湖中游荡，好像在寻找什么，还有几只在空中相互追逐，好不自在，它们可能在为几天后的南方之旅做着准备吧。听到有人来了，湖面的鹤们习惯地先往下一蹲，然后往上一跃，随之摆动双翅，弧形似地飞向了天空。围着湖水在空中盘旋着，一直到看见没有危险时，才再次落在湖面的水中，依然自由自在地嬉戏着。

咦？那是什么？定睛一看，原来是三五只胖胖的野鸭混在其中，它们把自己当成了仙鹤，鹤飞到哪里，它们就跟到哪里。

这时，牧民赶着转场的牛羊缓缓走来。这些牛羊经过一个秋天的放牧，一个个都长得肥嘟嘟的，它们不紧不慢地摇着尾巴，挺着双肩、目不转睛。还有一些牧民在田野里忙着收拢割下来的干草，准备拉回院中堆积起来，以备冬天所需。三三两两的农民在翻腾着土地，挖土豆、摘玉米，好一派忙碌的丰收景象。

太阳越来越偏西了，在薄薄的阳光里，我们浑身透明地走在田野里的小埂上，不由自主地唱出了：走在乡间的小路上……

秋游喀纳斯湖

自从喀纳斯湖出名之后,她就以神奇、美丽和自然吸引着人们,现在,当我再次来到喀纳斯湖,就立即又被她的美丽所吸引。

在喀纳斯湖的上游,聚集了许多沿河冲下的风倒枯木,形成了一道约 1200 米的横堆枯木长堤,浮在湖面上大大小小的枯木几乎拦腰遮住了湖面。水位上涨,浮木漂起,却不向湖中和下游漂流;水位下落,有些枯木就半埋在裸出的沙滩上。这便成了一个动态的堤坝,被人们称为神奇的"浮木长堤"。

现在正是秋分时节,喀纳斯的山色彩各异,红、黄、绿、蓝、白交相辉映、层层叠嶂。山上长满了茂盛的树木,有的是黄色,有的是绿色,还有的是红色,毫无规律地分布在一层一层的山峦上。山间飘浮着或浓或淡的云雾,远处的山在雪峰下朦朦胧胧,好似到了人间仙境。为了便于观察喀纳斯湖里的"湖怪",人们在一道湾靠湖的山上修建了一座观鱼亭。登上观鱼亭,可以看见远方皑皑的白雪和高耸的雪山,在群山之中,喀纳斯湖像一枚碧绿的豌豆荚一样,静静地躺在万山之中。湖面是那样的安静,仿佛感觉不到她的流动。在山的右边坐落着居住在这里数千

年的图瓦人村庄,一片片尖顶的小木屋、一片片散落在绿草上的白色羊群、一缕缕直上天空的炊烟,给人们带来一种梦想中的温暖。

来到湖边的码头,可以看见湖的颜色是绿色的,坐上游艇,听见发动机的"隆隆"声,看见水花四溅。两岸的山峰真是太美了。五彩缤纷的树木,让你有一种世外桃源的感觉。偶尔还可以看到岸边低头喝水的牡鹿,它们自由自在的生活真让人羡慕不已。

喀纳斯湖以她独特的风土人情和自然景观吸引着各地的游客,我就是其中的一位。

秋天的喀纳斯,带给你的也许令你终身难忘。她的美丽是透明的,不信,你来看看。

狗狗趣事

人和动物原来是一家的。

狗狗,小朋友们一定都很喜欢吧?我就养了一只活泼可爱的小狗狗,是从妈妈单位的李娟阿姨家抱来的。为了给它起名我是绞尽脑汁,最后看到它的头部有一块明显的黑斑,我一琢磨,它的名字就叫"斑斑"吧。于是它成了我们家中一名重要的成员。

说起狗狗的名字,爸爸妈妈都双手反对,爸爸反对的理由是:因为这个名字像"爸爸";妈妈反对的理由是:叫不准确,又像"妈妈"。就是这个名字,害得爸爸妈妈闹出许多笑话。

前几天,我们刚吃完饭,我必须喂狗狗,我嚼着最后一口饭,拿着一块肉,对斑斑说:

"斑斑,快看,这是什么?"

我的话音未落,只见在卫生间洗手的妈妈和在书房里看书的爸爸,不约而同地探出头来,异口同声地说:"啥事?"

正当他们探出头来看着我时,都不约而同地目瞪口呆,面面相觑。与此同时,斑斑也大摇大摆地走到我的面前,耷拉着两支耳朵,站立着两只后脚,在我面前正大饱

口福呢。

还有一次更可笑，我和爸爸妈妈到楼下饭馆吃饭，快吃完时我拿了几片肉给斑斑，就喊："斑斑，来"，我话音刚落，老板快步跑过来问："结账吗？"

回到家里，我们紧接着召开了一个家庭紧急会议，最后会议决定，一是承认狗狗的家庭地位，将它当成一个重要的家庭成员，不得受到虐待；二是爸爸首先提出来的，给狗狗换名，否则这个小狗的名字要被叫成爸爸了，妈妈投了重要的赞成票。

不过最后的决定权在于狗狗，它喜欢什么名字，就取什么名字。当我们叫狗狗"花花"、"点点"、"哈罗"等一大堆中外名字时，狗狗呢，理也不理，全当没有听见，只要一喊"斑斑"，它就会撒着欢地往我们身边跑。

为了让"斑斑"名字得到最后的认同，我提出了一个主意，就是先把狗狗关在另一间房子里，写上"斑斑"、"点点"等几张白纸，让狗狗自己选择。一切准备就绪后，放出了狗狗，让它去踩。狗狗在地上转了几个圈子后，先在"点点"上低着头嗅了一阵，然后，毫无疑问地蹲在了它原来的名字上。

真是没办法，爸爸妈妈只得承认小狗"斑斑"的名字了。

最后，爸爸和妈妈无可奈何地回到各自房间，接着忙自己的事情去了。

帮妈妈"减肥"记

说起"减肥",大概是所有胖阿姨都头疼的问题。不过,不用担心,想要减肥,我有一个高招。

在我五六岁的时候,总觉得作业一做完就没事可做了,于是就在家中搞恶作剧。一次,我在妈妈的高级减肥药里放了一把面粉,气得妈妈追着我打,看样子可能是要"杀一儆百、痛下黑手了"。在气头上时,妈妈下手可狠呢,我怕被妈妈"痛打落水狗",顾不上换下凉拖,拔腿就跑。

妈妈的脾气很犟,一般情况下不会轻易放弃自己的主张,不过最后总是不了了之。但这一次,我看妈妈的样子,是要来真的了,她要打我,没办法了,我便跑喽。

我在前面跑,妈妈在后面追,我回过头去看,她快我也快,简直就是一场无声无息却又是很紧张的马拉松大赛。大约跑了 500 米时,前面该过马路了,我正准备过时,妈妈在后面大声叫道:

"女儿,小心! 左看看,右看看,一切 OK 再过去"。

"谢谢妈妈!"我回过头来对身后的妈妈说。

不知跑了多少米,我突然转回头看,见妈妈累得躬着腰、低着头,可仍然还在一个劲地追。我看着不忍心了,怎么说,我也是学过舞蹈的,日常的训练起了作用。于是我

就冲着妈妈喊叫：

"挺胸、抬头、收腹,对,对,就这样！"。

"这样行吗？"妈妈尽力纠正姿态,并用一名学生的谦虚口气问。

"不行,还是不行,再挺,再抬,再收,这样才美"。

"累死我了,回家吧"。妈妈开始求我了。

"向后转,出发！"我们娘俩勾肩搭背往回走了。

回到家,爸爸见我们手牵着手的亲热劲,感到非常吃惊,用疑惑的目光望着我们,并用手一个一个地摸了摸我们的脑门,然后再摸着他自己的头,自言自语道：

"怪了,是我病了,还是你们病了？"。

"咦?减肥霜的'案子'了结了?"爸爸还没忘记刚发生过的事情。

我一听到减肥霜拔腿就跑,妈妈大声地叫住了我,对我说"咱不用减肥霜了,运动就是最好的减肥"。

"那你称一下你多重吧,"我讨好地对她说。

妈妈一称,立刻笑逐颜开了,原来妈妈165厘米的个子也才55公斤,根本不算胖的,这回她真的忘记了掺面粉的事了。

我胜利地笑着说："这下好了,歪打正着了"。

听了我的话,我们大家都笑了起来。

小狐狸医生"娜娜"

从前有一只狡猾的老狐狸,动物们都叫它"大坏蛋"。

有一天, 老狐狸生了一个孩子, 给他起了个名字叫"娜娜"。小狐狸从小爱医学,通过努力的学习,她就开了一个小诊所,叫"娜娜小诊所"。

动物们一看, 原来是那狡猾的老狐狸的孩子开的诊所,谁也不敢到那里看病,小狐狸回来对妈妈说:"妈妈,都是您害的,我的诊所办得一点也不好。"

老狐狸说:"那我帮你找病人好吗?"小狐狸点了点头。

可是,还是没有一个小动物肯在那儿看病。

于是,小狐狸说:"还是让我自己开吧!"

突然有一天,羊妈妈病了,森林里一个大夫也没有,小羊们突然想起了"娜娜小诊所",就把他们的妈妈背到诊所去,到了那儿小狐狸医生热情地接待了他们,用最好的药来治羊妈妈的病,并且不要钱。经过小狐狸精心治疗,羊妈妈的病很快就转好了。

小羊们异口同声地说:"你看娜娜的医术真高明, 心地也善良,以后我们让小动物都来这儿看病"。

小狐狸高兴极了,把诊所装扮得十分美观。过了几

天,小动物带着他们的妈妈果真来了。小狐狸认认真真地为他们看病,使他们非常地满意。

从此以后,小狐狸娜娜就跟这些小动物交上了朋友。他们只要一有病就到小狐狸医生这里来看病。

小朋友们,如果你们要是小动物的话,那你们会不会与小狐狸娜娜医生交朋友呢?如果我是它们,我一定会和娜娜做知心的朋友!

因为,不是所有的狐狸都是小动物们所说的"大坏蛋"。

小鸟的对话

　　一只在笼里的小鸟深得主人的宠爱，每当它饿了时，主人就给它添食，当它渴了时，主人给它加水。她每天吃饱喝足就兴高采烈地唱起自己编的小儿歌来："我很乖，我很巧，我是主人的好宝宝！饿了有食吃，渴了有水喝，别的臭臭鸟，哪里有我好！"

　　"咯咯咯……"天空中的小鸟听到了笼中小鸟的歌声，笑了起来。

　　笼中小鸟嘲笑道："我说可怜的家伙，你在笑什么呢？要我给你施舍点东西吗？哈哈哈哈……"

　　天空中的小鸟答道："有什么好笑的？你生来被人抚养，既看不到风景优美的田野和山川，又看不见一望无际的草原和海洋。你那点东西算什么？我真为你感到可悲！"小鸟说完就飞向蔚蓝的天空。

　　笼中的小鸟看到自己的伙伴走了，她心里想："它可以在天空飞翔，可我却在这里，呆呆地看着，就算长上再大的翅膀又能有什么用呢？"想到这里，她伤心地流下了晶莹的眼泪。

141

《皇帝的新装》续写

自从皇帝一丝不挂、被一个小孩子高声指出之后,皇帝浑身上下早已冻得起满了鸡皮疙瘩,他非常气愤。他知道:这件事一定不能传扬出去,自己光着屁股已丢尽了脸面,但是身为一国之君,不能有失王者的尊严,否则他就无法去管理一个国家了。

至于以后,我该怎么办呢? 有了,于是皇帝便挺起胖胖的大肚子,若无其事、大摇大摆地起驾回宫了。

令国人们非常奇怪的是,在以后很长的时间里,皇帝并没有重重地惩罚这两个骗子, 也并没有像人们所想的那样,在大庭广众之下杀了他们,而是日日山珍海味,更加厚意地款待着他们。

寒冷的冬天到来了, 大雪落满了整个城市的每条街道,透明的冰凌压弯了粗大的树干,呼啸的大风吹刮着整片的田野。正是这个时候,皇帝在宫中招见这两名骗子。

"噢,我亲爱的爵士们,还好吗?"皇帝笑逐颜开地说道。

"谢陛下关照,我们很好。"他们同声回答着。

"你们给我做了一件如此美丽的服装,让我过了一个满意的夏天,为了奖励你们,我决定……"

"陛下,是做了两件。"其中一个骗子小声地提醒着。

"嗯,两件更好,正好一人一件吧。"皇帝自言自语着。突然他像做梦才醒过来一样,笑着说:"为嘉奖你们的功劳,我决定自今天起,任命你们为我的巡视官,每天在城市的街道上巡视一次,并穿上你们为我制造的外衣"。

"不!不!那是陛下您的专用品,小人们穿不得,"两位骗子急中生智。

"最近,有些市民不服从管理,而且有很多骗子,只要穿上我的外衣,他们就不敢说你们是骗子了。"皇帝关心地说道。

"好吧,现在你们就穿上我的外衣,行使你们的职权吧!"

"陛下!陛下!"他们哀求着。

在皇帝的亲自监督下,两位骗子分别穿上了美丽的"外衣",跟着身着暖衣的皇帝走出了宫殿。

"我准备了一个盛大的就职仪式,你们不会不参加吧?"皇帝关心地询问。

"不会!不会!"两个骗子异口同声。

就职仪式上,不到十分钟,两个光着身子的骗子,早已冻得鼻涕邋遢,两手抱着胸口、跺着、蹦着、哼哼叽叽哀叫着。

"这两件衣服还暖和吧?"

"暖……和,暖……暖……和。"两个骗子哆哆嗦嗦回答着。

从此以后,在这个城市出现了一个有趣的事情,全城的市民每天早晚两次,都可以看到:在一条条大街小巷

上，两个光着身子的裸体男人，不停地飞奔着。

"看！这就是皇帝的新衣服吧！"那个说破真相的小孩子，望着从眼前光着身子、飞奔而过的两个骗子，笑着说道。

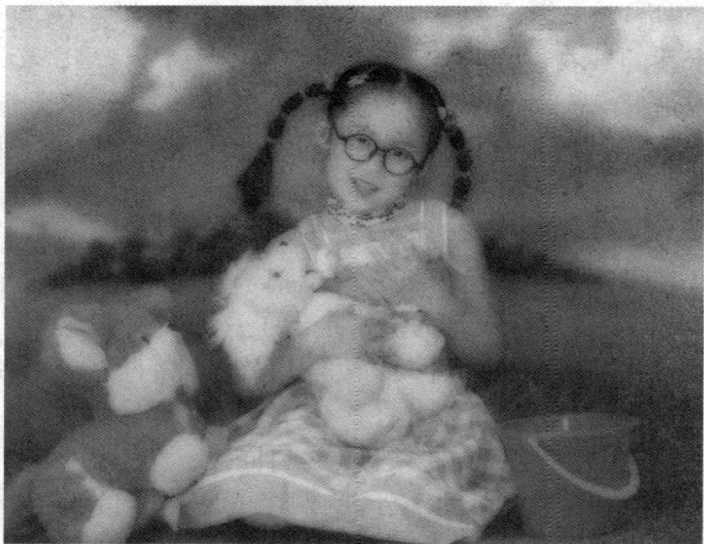

新《阿拉丁神灯》

朋友们,你们看过《阿拉丁神灯》吗?那是一个神奇的故事,下面我给大家讲一个更神奇的故事。

我,手拿着阿拉丁神灯,默默地说:"让我飞起来吧!"于是,在一片神秘的音乐里,我慢慢地双脚离开地面,在天空上自由自在地飞翔了起来。

我好像长了翅膀一样,飞呀、飞呀,不知不觉飞到了快乐王子的国家。天啊?我竟然看到了快乐王子!我飞累了,便坐在快乐王子的肩膀上。"嘀哒,嘀哒",咦?哪来的大滴大滴水珠,竟然打湿了我的衣服。我扭头一看,原来,王子哭了。原来他看到了一个想上学而上不起学的小女孩子。于是,我趁快乐王子还没有开口,便向阿拉丁神灯请求给我许多钱,不一会儿,正在哭泣的小女孩抬头一看,一堆闪着光泽的金币已堆在了她的眼前。我感到,快乐王子的身体温暖了起来,他的微笑在天空上弯成一道五彩缤纷的彩虹。

一天天过去了,我站在王子的肩头上,看着眼前快乐起来的人们,像潮水一样,从我们的脚下走过。我们的心感到非常的快乐。我知道,这个世界上有许多人需要帮助,帮助别人是一件非常快乐的事情,它能让我们生活得

非常快乐。

　　一天，我正在休息，突然听到王子又"呜呜"地哭泣了，原来一位老大爷已经 3 天没有吃饭了，正饥饿地趴在王子的脚下。我立即飞了过去，送上自己最心爱的一块宝石，这时，我才发现自己正扮演着小燕子的角色。

　　一眨眼，春天到了，告别了王子，我就走了。

　　正当我自由自在地飞翔时，我突然被惊醒了，原来，我是在做梦呀。

　　那好吧，我重新躺回妈妈的怀抱，搂着妈妈的脖子，安静地睡着了。

　　窗外的月光很美丽，它像流动的溪水一样，走遍了这个幸福的世界。

用知识改变命运

　　今天,我在爸爸的电脑里,看到了 2004 年全国"十佳新闻纪实"图片,我被其中的几张图片深深地震撼了。我的鼻子为之一酸,我真没有想到,还有一些人们,仍在为生存、为活命而苦苦地挣扎着。

　　我被那些为求生而苦命挣扎的人和他们的生活深深地打动了。沉思很久,我感到,对于每一个生活在这个世界上的人来说,从来没有求世主,只有自己才能拯救自己,用自己的智慧和双手来改变自己的命运。怎么改变呢? 很简单,用知识、用智慧的头脑来改变自己的命运。

　　如果你出生在一个偏远落后的小山村里,这是你无法选择的事情,但这并不一定就决定了你一生的命运。只要你能够唤醒改变自己命运的意识,你就会明确你努力的方向,确定你的目标,用知识来改变自己的命运,这样,无论结果如何,我都可以明确地告诉你:你已成为主宰自己命运的成功者。

　　如果你从小就出生在一个大城市里,当然你是幸运的,如果你满足于现状,这你就错了。就算你拥有再多的钱,再大的权力,如果没有一颗同情而善良的心,你会在个人的享受里,失去进取的力量和人格的高尚,你就是一

个失败者。

　　爸爸一直对我说:只要你一工作,就要自食其力。我很好奇地问为什么? 他沉思很久,用一句普通的语言,告诉了我一个很深奥的道理:一个人要有做大事的目标,只有具备了做大事的能力, 才能更好地生存。如果你长大了,有了智慧的头脑,就不会用父母的钱了;如果你是一个没有生活目标的人,就是给你再多的物质财富,你终究会用完的,以后呢?

　　当时,我还很小,没有完全听懂他的意思,现在想起来,的确有道理。在一本书里,我好像看到过,这是林则徐对自己的后人讲过的话。

　　我爸爸也是一个普普通通的人,他通过努力的学习,一点一点地改变了自己的命运。

　　在我们这个社会里, 还有很多仍在贫困线上挣扎的人们,他们为了让自己的孩子能上学、能生活的好一些,为了购买一本书、吃上一顿肉菜,都要付出很大的努力,这点钱来之不易,可能是父母卖血换来的钱,也许是父母用他们的生命换来的。

　　我们出生在什么样的家庭,是不由自己决定的,但是我们的命运, 却可以由自己来改变。用什么来改变自己呢? 用知识,只有知识才能改变命运。

　　努力读书,努力增长知识,这是改变我们命运的惟一出路。让我们从现在开始吧。

冬雪赋

大自然是无限奇特、无限美妙的,我虽然喜欢春天盛开的百花,也喜欢夏天的青山绿水以及秋天滚滚的麦浪,但是我更喜欢的,却是冬天的皑皑白雪。

你看:一到冬天,漫天晶莹的雪花便纷纷扬扬飘落大地,这雪花仿佛天女撒下的片片羽毛,从高空飘落下来,若飞若停,呼之欲来,吹之即去。这时你鼻翼歙动,只觉得洁净清爽,沁人心脾。漫天的雪花,像一张白色的大网,笼罩着天空,恰似春天流蜜时辛勤的蜜蜂,忙碌地飞翔,或上或下,或快或慢,仿佛有着自己的意志和目的。这雪花又仿佛是一曲委婉动听的音乐,在这静静的天地间,徐徐地回荡着……

纵目四望,只见天地一色,漫天飞雪,组成一幅美丽的图画,使人向往,令人神驰。

雪花落到地上,无声地装扮这广漠的世界,它给辽阔的田野,给农家的屋舍披上素雅的礼服,给茂密的桦林,戴上华美典庄的桂冠……

每天早晨红日初露,你的眼前出现一幅动人的图景:红日镶嵌在洁白的大地上,寒雾缭绕,恰似白纱帷幔,又如袅袅炊烟,大地雪光凛凛,耀眼刺目,仿佛是一个白雪

塑成的世界;中午,太阳悬挂在半空中,普照着大地,远处的山峰像亭亭玉立的少女,全身都披着银色的长裙,从山顶一直拖到山底,山上的棵棵塔松,更像少女手持的大伞,在遮风挡雪。山脚下环山绕林的小河,已停止流动,河面上覆盖一层薄薄的白雪,整个小河像飘舞的玉带,静静地缠绕着山峰。饱览这美景,使人不由得想起毛主席的《沁园春·雪》这首瑰丽的诗篇……夜晚,白雪辉映着皎洁的月光,银色的光辉,照耀着行路的人,在我们的玻璃窗上,绘就了各式各样的花卉和树林,斜的、直的、弯的;有的犹如那河流的水,那天上的云……

在软绵绵的雪地上,最快活的要数小孩们了。一双双胖乎乎、红彤彤的小手,抓起雪来,捏成团儿,在地上滚动,滚着滚着,渐渐便成了一个雪疙瘩,再把它一立,左修右削,就制成了一个和小朋友自己一样的胖娃娃了。

皑皑的白雪,像一床特制的棉被严严实实地覆盖着广阔的田野,滋润着肥沃的土壤,孕育着秋天的大好收成,高山的积雪,到春暖花开时,便融成涓涓细流,哺育两岸的人们,浇灌肥沃的田野。

粉红的杜鹃、金黄的秋菊、飘香的牡丹,还有那似火的月季……以各种丰颜美色打扮自己,去赢得人们的喝采。但这洁白无瑕的雪,却以朴实无华的白色,默默装扮这世界,它"一生"都造福于人类,它象征着纯真的心灵,象征着纯洁、朴素、真诚、坦白的美德。

我的家

　　有人说:"幸福的家都是相似的, 不幸的家各有各的不幸"。我十分欣赏这句话,因为我自己就生活在一个幸福的家庭里。

　　晚饭时间,总是我家最快乐的时候。爸爸悄悄地溜进厨房,"偷"了一块红烧肉转身就想走,眼尖的我马上大喊起来:"妈妈,爸爸又偷吃肉了!"正炒着菜的妈妈回过身来,举起锅铲做出要打人的样子,爸爸赶紧做揖说:"请老婆开恩。"他那副认真的样子,把我和妈妈都逗笑了,那锅铲理所当然地没有落在爸爸的头上。

"吃饭啦,要吃的人快来。"我和爸爸这才飞快地离开电视机,坐在饭桌旁。碗筷交响曲开始演奏。有时候,我吃饭慢吞吞的,一碗饭都让我吃凉了还没吃完,爸爸就拿出他的绝招。他对我说:"10分钟之内还没吃完,今天的碗就归你洗了。"素有"懒蛇"称号的我,自然是当仁不让地要别人"优先"了,所以我就以最快的速度狼吞虎咽,把饭扒到肚子里去,然后惋惜地对爸爸说:"对不起了老爸,今天的碗看样子非你洗不可了。"

总之,我的家总是有欢有喜,有哭有悲。但不管怎样,我的家永远属于我,它永远是我的避风港,是我成长的摇篮,更是我和爸爸妈妈共守着的一方乐土。

坚持到底就是胜利

人们常说:"坚持到底就是胜利。"这话确实不假。一个人只要有毅力,肯下功夫坚持不懈,那么,再难的事情也能做成功,成功的关键,就在于是否能勇于向困难挑战,坚持到底。

坚持与胜利有着非常密切的关系。大多数人在遇到困难时,便会在心里产生畏惧感,竭力想逃避困难,结果自己也就不会享受胜利的喜悦。这些人只会羡慕、嫉妒他人的成果,而不愿通过自己的努力去获得成功。事实上许多事情往往是只要坚持一下,就会柳暗花明,到达成功的彼岸。当然,这个过程有时会很痛苦的,甚至要付出巨大的代价,但最后的胜利是属于坚持者,这是无疑的。

作为一个学生,读书、做学问,要想学有所成,也需要有坚持到底的精神,经过数年乃至数十年如一日锲而不舍的刻苦学习。在学习上,命运对我们的裁决是公正的,谁付出的劳动多,谁能坚持到底,谁的收获也将是丰硕的。水滴石穿,绳锯木断,都揭示了坚持到底就能胜利的深刻道理。因此,我们学习和做事都要有坚持到底的精神,坚持到底,就能成功。

虽然每个人的天赋有差别，只要有这种坚持到底的精神，三年五载也罢，毕生岁月也罢，胜利总是属于坚持住的人。特别是在目前，我们正面临着升高中的考试，每个人都希望自己能升入高中、进重点班，但这不是空想所能实现的，必须付出艰辛的汗水。只要我们在这个紧要关头坚持到底，那么，胜利必然属于我们。

把握生命中的每一分钟

生命是由时间的珍珠串连而成的。然而,在生活中,时间虽能限制生命,却限制不住人们对美好生活的勇敢追求。

人活在世上,不光是为了自己,也要为大家,为共同生活在这个地球上的人类,使这个大家庭更加美好。

在地球上的某个角落,你静静地品尝那生活的酸、甜、苦、辣,在不知不觉中,你又会发现时间在悄悄流逝。时间不知疲倦、永不停息地流逝。它抛弃了一个个虚掷生命的庸人,又用魔法创造出一个个向往挑战的生命。时间似瀑布飞溅,如日月轮回,它决不饶恕那些虚掷年华的人。那么你是否就是一个不珍惜时间的人呢?事实告诉我们,珍惜时间,把握时间,是延长生命的惟一选择。抛弃荒诞的想法,充分利用生活的每一分钟,正是珍惜时间,创造自我价值的惟一道路。

我们是新时代的少年,召唤我们的号角已经在东方吹响。活着,就意味着奉献。落叶为大树奉献,滴水为大海奉献,小鸟为天空奉献;我们,为人类社会奉献。让我们告别那幼稚的童年时代,告别那梦幻般的儿时,要热爱自己的生命,珍惜生命中的每一分钟,不要白活一生。

听，时代的钟声已经敲响，起跑的枪声已经划破长空，把握自己，把握机遇，迎着新升的旭日，展开丰满的双翼，跃入浩瀚的天空——飞翔吧！

环水公园

这里所说的"公园"其实是一片树林。只因为它四周环水,而且是我的"天地",所以,我称它为"环水公园"。

"环水公园"是我经常去的地方。清晨或傍晚,我常常踏着晨雾或晚霞去那儿散步。这里环境幽雅,浓意的树荫、满地的花草、宜人的景色常使人流连忘返,迷醉在自然的美景中。

"环水公园"的迷人之处,在于它无丝毫人工装饰,点缀之处,一棵棵杨树、柳树、白桦,疏疏落落地挺立在绿色的毡子上。清晨,草叶尖上,一粒粒露珠滚动闪光,草地像一幅巨大的绿锦,绿锦上一朵朵红的、白的、紫的、黄的小花,像是刚从香汤中沐浴过,散发着清香,让人疼爱、让人留恋。

太阳出来了,千丝万缕阳光,透过树叶的缝隙射进来,和着草地上蒸腾起的雾气,组成五颜六色的光环,再加上成群结队的鸟雀在浓郁的树阴里鸣唱,给我的"环水公园"增添了无限生机,并让欢乐的小溪带给远方。

我常到这生机盎然的"环水公园"来。有时坐在河边草地上,有时躺在花草丛中,身边水欢花舞,头上雀飞鸟鸣,晨风中,桦叶柳枝在朝霞中飘拂。我尽情享受这些自

然美景,享受溢着花香的清新的空气。在这里,我远离了闹市、远离了尘嚣喧嚷。读读书,温习温习功课,不然伸伸手、蹬蹬腿,或者伴着虫鸣鸟叫,哼几句曲儿。我只觉得有无法形容的舒坦。

傍晚,我又一次走入我的"乐园",看着绿草、杂花映衬的地毯,总是不忍心去践踏,我就挑选那草稀花少的小块空地,高一脚低一脚地蹦跳过去,然后找一个地方,靠着树干坐下,听归巢的鸟雀嬉闹,看含羞的野花沉睡。

晚霞穿过树隙,像轻纱、像棉絮,既漂亮朦胧,又浪漫潇洒。渐渐的,云雾从草地上升腾起来,婆娑的树影开始缥缈。我轻轻地站起来,再蹑手蹑脚地蹦跳出这片树林,踏上回家的路。我真不愿惊醒已悄然睡去的"乐园"。

"环水公园"是我的天地,它让我享受着无穷的乐趣,我与溪水、丛树、绿草、野花分享着这里的芬芳。

我爱这无雕琢的自然美景,我爱这"环水公园"。

鸟儿的蓝天（代后记）

武琼瑶

　　大家都知道，作文是检验学生认识水平和语言表达能力的最好途径。

　　应该说作文就是把平时看到的、听到的、想到的，或者亲身经历的事情，用比较恰当的语言文字表达出来。

　　整理完张武悦、孔祥源、高爽三位同学的作文，我的心情是喜悦的，也是不平静的。三位同学用敏锐的目光，把发生在自己身边的故事用艺术的手法记录下来，这对于一直生活在边远山城、没有出过远门的孩子来说是很不容易的，是值得欣慰的。

　　三位同学的作文从选材、构思、立意、布局、语言的运用上都有独到的一面，所写的内容涉及到写人、记事、写景、状物、抒情、议论、说明、游记、演讲等诸多方面，可以说是内容丰富，语言流畅，具有地方特色和真情实感。

三位同学都是在阿勒泰土生土长、品学兼优的孩子，是那种憨厚淳朴、用心灵去感受世界的孩子。他们来自不同的学校，却是同一个年级，在同一片蓝天下有着共同的视野，他们利用业余时间，用一种单纯善良的目光、用一种没有任何负担的心情、一枝简陋的不能再简陋的笔，观察着校园、关心着身外的世界、关注着变化的社会、思索着未来。

有很多家长总是苦恼地对我说："我的孩子不爱写作文，怎么办啊？"看看这三位同学的作文我们就会明白，其实写作文并不难，就是把你想说的话记录下来，怎么想就怎么写。例如：放学路上、课间活动、同学之间、登山比赛、郊外野游等亲身经历的生活内容都是写作的最好素材。多写熟悉的生活，留意身边的事情，就一定能拓宽写作思路。这本书里选编的如《咏雪》、《我的校园生活》、《登骆驼峰》、《童年趣事》等都是写发生在我们身边的故事，作者写起来很顺手，大家读起来也不空洞，这就是作文。

俗话说得好"熟能生巧，巧能生精"。只要坚持多写多练就一定能写出好文章来，因为写作练习本身就是由易到难，循序渐进的一个过程。我认为无论是日记还是作文，都是应该能够自由抒发心声的一种文体，不应该严格界定它的体裁和格式，因为任何形式的规定，都是服务于和服从于内容的表达，所谓"文如其人"、"文如心声"，我想说的就是这个道理。

从1999年7月的《假如记忆可以移植》到2002年的高考作文《选择》，犹如一声惊雷，唤醒了教育界，建

国以来延续了几十年的时间、地点、人物、论点、论据、论证、记叙、议论、说明，将会慢慢变为沉舟，这充分说明一艘作文革命的航船已经起锚了。

社会在发展，文化在发展，科技在发展，而作文教学几十年没有变。我们的老师家长总是拿出优秀作家的范文让孩子们去"套"、去"读"、去"装"，千人一面，众口一词，这种做法不知扼杀了多少孩子的丰富想象，禁锢了多少孩子们的感情世界啊！

一只鸟拥有自己飞翔的天空，一个孩子也要有自己想象的天空。好在如今可以打破传统的作文写作方式，可以以新视觉、新角度、新理念、新的表现方法，来随意抒写自己的所感所想了。同学们在作文时，可以取材于现实生活，也可以虚拟一个未来世界。

由于长期的、几十年没有变化的作文教学方式在人们头脑中已经根深蒂固，突然对中小学生的作文要求标新立异，要求在内容和题材上丰富多彩，想象奇特；要求在形式上灵活多变，不拘一格，也不是一件容易的事情。三位小作者能够以自己清纯的眼睛、真实的情感、大胆的想象，把自己身边的事情写出来就很不容易了。

因为，生活有时候并不是完美的。由于三位小作者的年龄、阅历和笔力的有限，很多文章在一定程度上还是显得幼稚和肤浅。

重要的是我们可以从中领略到孩子们清澈的内心世界。

我们可以欣赏到这三位同学像三只小鸟一样雏鹰

展翅的英姿！

让我们一起来衷心地祝愿三位同学快快成长吧，相信不远的将来他们就会像雄鹰一样在蓝天翱翔。

在这里特别要感谢地委委员、行署副专员万旭同志，对他在百忙之中抽出时间认真阅读本书，并为此书作序，表示深深的敬意。

编者于 2005 年春节

图书在版编目(CIP)数据

　　魅力文丛/卓尔主编—阿图什:克孜勒苏柯尔克孜文出版社;乌鲁木齐:新疆电子音像出版社,2003.12(2009年12月重印)

　　Ⅰ魅…Ⅱ卓…Ⅲ故事—作品集—中国—当代　Ⅳ.I247.8

　　中国版本图书馆 CIP 数据核字(2003)第 125254 号

丛 书 名　魅力文丛
主　　编　卓　尔
本册书名　阳光少年
本册主编　武琼瑶
作　　者　张武悦　孔祥源　高　爽
责任编辑　郑红梅　刘伟煜　张莉涓
书籍设计　党　红
出　　版　克孜勒苏柯尔克孜文出版社
　　　　　新疆电子音像出版社
地　　址　乌鲁木齐市西虹西路 36 号
邮　　编　830000　　电话:0991-4690475
发　　行　新华书店
印　　刷　三河市华晨印务有限公司
开　　本　850×1168 毫米　1/32
印　　张　5.5
版　　次　2009 年 12 月第 2 版
印　　次　2009 年 12 月第 1 次印刷
书　　号　ISBN 978-7-5374-0484-6
定　　价　298.00 元(全十一册)